westermann

Praxis Sprache 5

Arbeitsbuch Individuelle Förderung

Herausgegeben von Tilman von Brand
Astrid Müller

Erarbeitet von Diane Daedelow
Marion Fitzner
Sophia von Roschinsky
Lisa Weber
Paul Weber

Illustriert von Konrad Eyferth

Druck A[1] / Jahr 2026
Alle Drucke der Serie A sind im Unterricht parallel verwendbar.

Redaktion: Karla Bachhuber-Haller
Umschlaggestaltung: JANSSEN KAHLERT Design & Kommunikation GmbH, Hannover
Layout: JANSSEN KAHLERT Design & Kommunikation GmbH, Hannover
Druck und Bindung: Westermann Druck GmbH, Georg-Westermann-Allee 66, 38104 Braunschweig

ISBN 978-3-14-**127931**-3

Sprechen und Zuhören

Lesen & sich mit Texten und anderen Medien auseinandersetzen

Schreiben

Rechtschreibung und Zeichensetzung

Sprache und Sprachgebrauch untersuchen

Gemeinsam arbeiten und lernen

1 **Schau** dir das Bild genau **an**.

2 Was kannst du dort sehen? **Fülle** die Lücke.

Auf dem Bild kann ich ______________________________

______________________________ sehen.

3 **Kreuze an**, was zu den Gedanken und Aussagen der Kinder passt. (3 Richtige)

- ☐ **Vielleicht sollte ich jemanden ansprechen.**
- ☐ **Ich freue mich, dass ich alle hier kenne.**
- ☐ **Der sieht irgendwie komisch aus.**
- ☐ **Ich bin ganz schön aufgeregt.**
- ☐ **Alle sind hier total freundlich!**

Einander näher kennenlernen

Sicher kennst du noch nicht alle Kinder in deiner neuen Klasse.
Hier findest du Spiele, mit denen ihr euch besser kennenlernen könnt.

1 **Schaut** euch die folgenden Spiele **an**. **Sucht** gemeinsam eins **aus**.

A Stelle dich mit einer Bewegung vor

1. Schritt: Nenne deinen Namen. Erfinde eine Bewegung.
Ablauf: Überlege dir eine Bewegung zu deinem Namen. Stellt euch zu sechst in einem Kreis auf. Nacheinander sagt jedes Kind seinen Namen. Gleichzeit macht es eine Bewegung (Winken mit der Hand, Kopf schütteln, Hüpfen, Augen zuhalten, ...)

Achtung: Jedes Kind muss eine andere Bewegung machen!

2. Schritt: Wiederhole die Bewegung deines Nachbarn.
Ablauf: In der zweiten Runde wiederholst du die Bewegung deines Nachbarn. Du sagst: „Meine Nachbarin/Mein Nachbar heißt ..."

Tipp: Merke dir den Namen und die Bewegung des Nachbarkindes.

3. Schritt: Wechsle die Gruppe.
Ablauf: Suche dir eine neue Gruppe. Fangt von vorne an.

C Mischmasch

1. Schritt: Überlege dir Fragen.
Ablauf: Überlege dir eine Frage für eine Mitschülerin oder einen Mitschüler. Schreibe die Frage auf eine Karte.

Tipp: Welche Musik hörst du? Was ist deine Lieblingsfarbe? Was isst du gerne?

2. Schritt: Bewege dich im Raum.
Ablauf: Alle Kinder gehen im Klassenraum herum. Wenn das Stopp-Signal kommt, bleibst du stehen. Lies deine Frage dem Kind vor, das dir am nächsten steht. Beantworte die Frage deiner Mitschülerin oder deines Mitschülers.

3. Schritt: Beginne von vorne.
Ablauf: Beide Kinder geben eine Antwort. Das Spiel geht von vorne los.

D Schneeballschlacht

1. Schritt: Schreibe einen Mini-Steckbrief über dich.
Ablauf: Schreibe 3 Dinge über dich selbst auf einen Zettel.

Tipp: Geburtstag, Lieblingsfach, Haustier, Geschwister, Lieblingsessen

2. Schritt: Forme eine Schneekugel.
Ablauf: Zerknülle deinen Zettel zu einer Kugel. Macht gemeinsam eine Schneeballschlacht mit den Zetteln. Wenn das Stopp-Signal kommt, hebst du einen Zettel auf.

3. Schritt: Finde die Mitschülerin oder den Mitschüler.
Ablauf: Lies den Text auf dem Zettel. Finde die Person, die den Zettel geschrieben hat. Am Ende stellen sich alle Kinder vor.

Achtung: Bitte nicht den eigenen Zettel nehmen! Den solltest du gegen einen anderen Schneeball tauschen.

Sich selbst und andere vorstellen

1 **Lies** einen der beiden Texte. Merke dir so viel wie möglich.

Pascal

Ich bin Pascal Sonntag. Mein Geburtstag ist am 24. Dezember. Mein Sternzeichen ist der Steinbock. Ich koche gerne. Mein Liebling-stier ist mein Pferd Jako. Mein Lieblingsfach ist Sport. Ich habe viele Freunde. Ich wohne in Waldhausen. Ich wünsche mir einen Schulgarten in unserer Schule.

Amina

Ich bin Amina Haddad. Ich bin 11 Jahre alt. Mein Geburtstag ist am 12. Juli. Mein Hobby ist Gitarre spielen. Ich bin in der Jugendgruppe der Freiwilligen Feuerwehr. Mein Lieblingsfach ist Musik. Ich habe eine Schwester. Ich wohne in Neustadt. Ich möchte in einer Schul-Band mitspielen.

2 **Fülle** den Notizzettel mit den Informationen aus deinem ausgewählten Text.

Vorname und Nachname: ______________________________

Geburtstag: ______________________________

Sternzeichen: ______________________________

Geschwister: ______________________________

Lieblingsfach: ______________________________

Wohnort: ______________________________

Hobbys: ______________________________

Wünsche: ______________________________

Talent/Können/Stärken: ______________________________

______________ ______________________________

3 Lerne deine Klasse besser kennen.

a) **Stelle** den Kindern Fragen. **Stelle** ein Kind **vor**. Der **Wortschatz** hilft dir dabei.

Wortschatz	
• Das ist ... • Er/Sie hat am ... Geburstag. • Er/Sie wohnt in ...	• Seine/Ihre Hobbys sind ... • Seine/Ihre Lieblingsfarbe ist ... • Sein/Ihr Lieblingsessen ist ...

b) **Fülle** die Lücken über dich.

Ich bin ______________________.
(Name)

Ich habe am ______________________ Geburtstag.
(Geburtstag)

Ich habe ______________________ Geschwister.
(Geschwister)

Ich wohne in ______________________.
(Wohnort)

Ich wohne in ______________________.
(Straße)

Meine Hobbys sind ______________________.
(Hobbys)

______________________.

Mein Lieblingsfach ist ______________________.
(Lieblingsfach)

Mein Lieblingstier ist ______________________.
(Lieblingstier)

Die Farbe ______________________ gefällt mir am besten.
(Lieblingsfarbe)

Am liebsten esse ich ______________________.
(Lieblingsessen)

c) Kannst du eine Lücke nicht ausfüllen? Dann bitte deinen Lehrer, deine Lehrerin oder deine Eltern um Hilfe.

Freundlich miteinander umgehen

1 **Lest** die Sätze. **Verteilt** die Rollen.

a) Kind 1: „Hau ab. Du nervst voll!“
Kind 2: „Sei doch nicht immer so gemein.“

b) Kind 1: „Wie findest du mein Bild? Gefällt es dir?“
Kind 2: „Super! Ich könnte das nicht.“

c) Kind 1: „Du schreibst ja alles von mir ab! Das sage ich Frau Drömel!“
Kind 2: „Alte Petze!“

d) Kind 1: „Hör doch mal auf, mich ständig zu verbessern! Das geht gar nicht.“
Kind 2: „Hör auf zu meckern! Ich wollte dir nur helfen.“

e) Kind 1: „Kannst du mir bitte helfen? Ich kann das nicht.“
Kind 2: „Klar. Wir schauen uns das einfach zusammen an. Du schaffst das!“

2 **Lies** die Sätze noch einmal. Achte darauf, wie die Kinder miteinander reden.

a) Welche Aussagen findest du freundlich? **Kreuze an**.

☐ a ☒ b ☐ c ☐ d ☐ e

b) Welche Aussagen findest du unfreundlich? **Kreuze an**.

☐ a ☐ b ☐ c ☐ d ☐ e

3 **Wandel** die unfreundlichen Sätze in freundliche um. **Schreibe** sie **auf**.

a) Kind 1: „____________________.“
(alleine sein – Ich möchte – jetzt)

c) Kind 2: „____________________.“
(freundlich – Sei bitte – zu mir)

d) Kind 1: „____________________.“
(bitte – nicht – Verbessere mich)

Kind 2: „____________________.“
(wollte – Ich – nur helfen – dir)

4 a) **Lies** die Aussagen der Kinder.

1 **Ich kann das nicht allein. Hilfst du mir?**
2 **Das habe ich nicht verstanden.**
3 **Das stimmt doch aber nicht!**
4 **Diese Stelle im Text finde ich super.**
5 **Die anderen sind immer so komisch zu mir. Was soll ich machen?**
6 **Was du sagst, habe ich nicht richtig verstanden.**

b) Was wollen die Kinder mit den Aussagen sagen? **Nummeriere** (1 bis 6).

2 **gibt etwas zu**
☐ **stellt etwas richtig**
☐ **bittet um einen Ratschlag**
☐ **freut sich**
☐ **fragt nach**
☐ **bittet um Hilfe**

c) Welche Antworten passen zu den Aussagen der Kinder?
Verbinde sie **miteinander**.

Ich kann das nicht allein. Hilfst du mir?	Ich erkläre es dir nochmal.
Das habe ich nicht verstanden.	Ja, die ist echt toll!
Das stimmt doch aber nicht!	Kein Problem. Ich sage es dir nochmal.
Diese Stelle im Text finde ich super.	Ja, ich helfe dir gern.
Die anderen sind immer so komisch zu mir. Was soll ich machen?	Du hast recht, da stimmt etwas nicht.
Was du sagst, habe ich nicht richtig verstanden.	Sprich mit einem Erwachsenen darüber.

Miteinander sprechen – einander zuhören

WES-127931-013

1 **Schau** dir das Bild **an**.
a) Wer ist auf dem Bild zu sehen?
b) Was machen die Personen?

2 a) **Lies** das Gespräch **leise**.
b) **Lest** das Gespräch mit verteilten Rollen.

Diskussion: Gestaltung unseres Klassenraumes

(übersetzt in einfache Sprache)

In einer **Diskussion** redet man über ein Thema. Es gibt verschiedene Meinungen.

Maya sagt:	Wir reden heute über unser Klassenzimmer. Wie soll unser Klassenzimmer aussehen? Welche Deko wollen wir haben?
Finn sagt:	Wir sollten ein Poster mit einem Gamer aufhängen.
Paul sagt laut:	Poster sind doch Quatsch!
Finn antwortet:	Ich finde ein Poster mit einem Gamer gut.
Yasmin sagt leise:	Ich bin auch für Poster.
Maya sagt:	Wir verstehen dich nicht, Yasmin. Bitte sprich lauter!
Yasmin sagt laut:	Ich finde ein Poster mit einer Musik-Band cool.
Maya sagt:	Jetzt haben wir schon zwei Vorschläge. Paul, hast du auch einen Vorschlag?

Paul hat den Kopf auf die Bank gelegt.

Paul hebt den Kopf:	Nö. Ich hab keinen Vorschlag.
Maya sagt:	Wie findet ihr ein Poster mit Blumen drauf?
Finn sagt:	Also ich finde Blumen doof! Da schon lieber …
Paul unterbricht ihn:	Nicht schon wieder deine Gamer!
Maya sagt:	Also, Paul, so geht es nicht! Immer unterbrichst du andere beim Reden. Melde dich, wenn du etwas sagen willst. Wer hat denn noch einen Vorschlag?
Luca sagt:	Ich finde einen Geburtstagskalender toll.
Elif hat eine Idee:	Wir können den Kalender mit unseren Bildern machen.

	Wir haben noch die Selbstportraits, die wir von uns gemalt haben. Auf ein großes Papier malen wir einen Baum mit vielen Ästen. Das hängen wir hinten an der großen Wand auf. An die Äste kleben wir unsere Selbstportraits. Das sieht bestimmt toll aus.
Emily sagt:	Diese Idee finde ich gut.
Sophie sagt:	Auf den großen Baum malen wir grüne Blätter. Dazwischen hängen wir unsere Texte auf buntem Papier. Das sieht dann schön aus, wie Früchte auf dem Baum.
Luca sagt:	Dann ordnen wir unsere Selbstportraits nach den Monaten. Dann ist es ein Geburtstagskalender!
Maya sagt:	Das ist eine super Idee! Wir stimmen ab: Wer für den Geburtstagskalender-Baum ist, der hebt jetzt bitte die Hand!

c) **Sprecht** gemeinsam über das Gespräch der Kinder.

Tipp: Wie reden die Kinder miteinander? Sind sie freundlich oder nicht?

3 Was ist wichtig, wenn man miteinander spricht? **Kreuze an.**

- [x] **anderen zuhören**
- [ ] **andere auslachen**
- [ ] **beim Thema bleiben**
- [ ] **den Partner anschauen**
- [ ] **andere unterbrechen**
- [ ] **seine Meinung begründen**
- [ ] **weghören, wenn es langweilig ist**
- [ ] **eine andere Meinung hinterfragen**
- [ ] **die Augen verdrehen**
- [ ] **auf andere eingehen**

Eine Diskussion durchführen

1 a) **Führt** in der Klasse eine Diskussion **durch**.

Es gibt 3 Rollen:
Teilnehmer/innen (1), **Beobachter/innen (2)**, **Moderator/innen (3)**.

Jede Rolle hat eine andere Aufgabe:
(1) Du hörst aufmerksam zu und sprichst mit.
(2) Du hörst aufmerksam zu und schreibst mit.
(3) Du sprichst mit und führst das Gespräch.

b) **Wählt** ein Thema für das Gespräch.

Tipp: Wohin soll der nächste Wandertag gehen?

c) Vor dem Gespräch: **Lerne** deine Rolle **kennen**.
d) Während des Gespräches: **Verhalte** dich in deiner Rolle richtig.
- **Halte** die Gesprächsregeln **ein**.
- Die **Checkliste** und der **Wortschatz** helfen dir dabei.

Wortschatz	
• Meine Meinung ist ... • Ich finde gut, dass ... • Ich verstehe dich – aber ich sehe das anders, weil ...	• Ich denke, dass ..., weil ... • Wir könnten zum Beispiel ... • Kannst du erklären, warum...

e) Nach dem Gespräch: **Denke** über das Gespräch **nach**.
- Was hat gut geklappt?
- Was könnte besser werden?
- Wie war das Gespräch für dich?

Checkliste

- Melde dich, bevor du sprichst.
- Sprich laut und deutlich.
- Hör gut zu.
- Lass andere aussprechen.
- Bleib beim Thema.
- Begründe deine Meinung.
- Bleib freundlich.
- Respektiere andere Meinungen.

Vorlesen

WES-127931-016

1 **Schau** dir die Bilder **an**.

2 **Ordne** den Sätzen das richtige Bild **zu**. **Fülle** den Buchstaben in das Kästchen.

- [ ] **Ein Gedicht vortragen**
- [A] **Ein Rezept vorlesen**
- [ ] **Den Stundenplan lesen**
- [ ] **Gemeinsam ein Buch anschauen**
- [ ] **Von den Großeltern etwas vorgelesen bekommen**
- [ ] **In der Bibliothek lesen**

3 Hier wird vorgelesen und zugehört. **Sprich** über die Fragen:
- Wer liest hier vor?
- Wer hört hier zu?
- Wie ist es bei euch?

4 **Hör** dir beide Texte **an**.
- Was ist dir aufgefallen?
- Welcher Text gefällt dir besser?

Flüssiger vorlesen

WES-127931-017

1 Lange und schwere Wörter kannst du üben.
a) **Lies** die Wörter von oben nach unten.
b) **Wiederhole** die Wörter.
c) **Schreibe** ein eigenes Beispiel auf die Linien.

Sommerferienanfang
Elefantenwasserrutsche

Som**mer**	Ele**fan**ten	____________
Som**mer**fe**ri**en	Ele**fan**ten**was**ser	____________
Som**mer**fe**ri**en**an**fang	Ele**fan**ten**was**ser**rut**sche	____________

2 a) **Lies** den Text.
b) **Fülle die Lücken**.
Der **Wortschatz** hilft dir dabei.

Im Auto *Paul Maar (übersetzt in einfache Sprache)*

Jeden Sonntagnachmittag ging Nasreddin *mit seiner Familie* ____________

zum Parkplatz vor dem Haus. Dort stiegen alle ____________ .

Nasreddin saß mit seiner Frau vorne. Die beiden Kinder saßen auf dem

Rücksitz. Da blieben sie eine halbe Stunde ____________.

Sie unterhielten sich, machten Witze und erzählten ____________.

Dann stiegen sie wieder aus und gingen zurück ____________.

____________ fragte Memet seinen Freund, weshalb er nie

wegfahren würde. „Es spart Benzin“, antwortete ____________.

Wortschatz

Nach einigen Wochen – ins Haus – sitzen – Nasreddin
ins Auto – mit seiner Familie – Geschichten

3 **Lies** den Text.

Irgendwo ist immer Süden

Marianne Kaurin (übersetzt in einfache Sprache)

Heute ist der **letzte Schultag** vor den Ferien. Die meisten in meiner Klasse freuen sich schon lange auf die Ferien.
Sie haben die Wochen im Kalender durchgestrichen. Und sich **auf** ihre **Urlaubsreise vorbereitet**. Sie haben neue Sandalen gekauft, waren beim Frisör und haben ihren Koffer gepackt.
Ich habe auch gesagt, dass ich mich auf die Ferien freue. Und ich habe die Tage bis zu den Ferien gezählt. **Ich habe schon immer gern Dinge gezählt**. Zum Beispiel Tage und Minuten, die Stifte in meinem Mäppchen, meine Freunde oder Treppenstufen.
Ich weiß deshalb, dass ich schon **in 6 verschiedenen Wohnungen gewohnt** habe und in 5 verschiedene Klassen gegangen bin.
Ich hatte schon 3 Freunde mit dem Anfangsbuchstaben *M*. Zum Beispiel **meine Freundin Maria**. *M* ist mein Lieblingsbuchstabe.

4 Was hast du verstanden? **Kreuze** die richtigen Aussagen **an**.

☐ **Es ist der letzte Schultag vor den Ferien.**
☐ **Niemand in der Klasse hat sich auf den Urlaub vorbereitet.**
☐ **Das Kind zählt gerne Dinge.**
☐ **Das Kind hat in 5 Wohnungen gewohnt.**
☐ **Maria ist die beste Freundin des Kindes.**

i Infobox

Flüssiger Vorlesen

Hier sind Tipps, um das flüssige Vorlesen zu üben:
1. **Regelmäßig üben:** Lies jeden Tag einen kurzen Text.
2. **Gemeinsam lesen:** Such dir einen Partner und lest euch gegenseitig vor.

Gestaltend vorlesen

WES-127931-019

1 **Lies** den Satz **laut vor**. Ist der Satz Unsinn?

10 Finger habe ich an jeder Hand 5 und 20 an Händen und Füßen.

2 **Lies** die **Infobox**.

a) **Setze** im Satz Pausen: kurze Pause (|) oder lange Pause (||).

b) **Lies** den Satz noch einmal mit Pausen.

10 Finger habe ich an jeder Hand 5 und 20 an Händen und Füßen.

3 **Wähle** einen Text zum Vorlesen **aus**.

a) **Lies** den Text **langsam** und **leise**.

b) **Setze** im Text Pausen: kurze Pause (|) oder lange Pause (||).

Zungenbrecher

Ein Stachelschwein, ein Stachelschwein, das muss ein Schwein mit Stacheln sein.

Sägen *(Paul Maar)*

Nur selten kommt der Sägehai zum Sägen in die Sägerei. Den Sägefisch dagegen, den hört man öfter sägen.

Alle meine Tiere

Ich habe 8 Tiere, im Aquarium schwimmen 3 Fische, auf der Wiese knabbert ein Hase an einer Möhre. Bellte mein Hund etwa wieder? Ganz ungestört schläft meine Katze, im Vogelkäfig flattern 2 Papageien.

Pausen setzten

Infobox

Pausen machen das Vorlesen **lebendig** und das Zuhören **leichter**.
Mit **Pausen** teilst du den Text in Sinnabschnitte ein.
Sinnabschnitte sind Gruppen von Wörtern, die zusammengehören.
Pausen sind unterschiedlich lang:

- **Kurze Pause (|):** nur kurz anhalten
- **Lange Pause** (| |): 2 Sekunden warten

4 **Lies** den Text.

Gustav hat abgeschrieben

Erich Kästner (übersetzt in einfache Sprache)

Gustav musste in der Schule einen Mathe-Test schreiben. || Gustav war aber sehr schlecht in Mathe. Deshalb hat er von **Leo** abgeschrieben. Gustav hatte damit aber Pech. Denn Leo hatte beim Rechnen einen Fehler gemacht und ein falsches Ergebnis aufgeschrieben. Und Gustav hat das falsche Ergebnis abgeschrieben. Das falsche Ergebnis von Leo war sehr merkwürdig. Der **Lehrer** hat deshalb nicht geglaubt, dass Gustav genau den gleichen Fehler beim Rechnen gemacht hat. Er hat sofort gewusst, dass Gustav abgeschrieben hat. Aber Gustav hat es trotzdem nicht zugegeben. Er hat sogar gesagt: „Vielleicht hat Leo von mir abgeschrieben."

5 a) **Wie findest du Gustavs Verhalten? Kreuze eine Aussage an.**

☐ **Gustav hat unfair gehandelt, weil er abgeschrieben hat.**
☐ **Gustav war schlau, weil er versucht hat, nicht aufzufallen.**
☐ **Gustav hätte ehrlich sein sollen und seinen Fehler zugeben sollen.**

b) Wie fühlen sich Leo und der Lehrer? **Sprecht darüber.**

6 **Lies** die **Infobox** auf Seite 18 und 19 erneut.

a) **Setze** im Text Pausen: kurze Pause (|) oder lange Pause (||).
b) Markiere Wörter farbig, die du betonen möchtest. Die **Infobox** hilft dir dabei.
c) **Lies** den Text **vor**.

i Infobox

Sinnvoll betonen und Stimmungen ausdrücken

Betonungen machen einen Text **verständlich**.
Betone die Wörter besonders, die für den **Inhalt** wichtig sind.
Beim Vorlesen ist auch die **Stimmung** wichtig.
Betone die Wörter so, dass sie zur Stimmung passen,
zum Beispiel traurig, fröhlich, genervt.

Einen Text vorbereiten und vorlesen

WES-127931-021

1 **Lies** den Text dreimal **laut vor**.

a) **Achte** auf die Pausenzeichen im Text: kurze Pause (|) und lange Pause (||).

b) **Betone** die farbigen Wörter besonders.

c) **Wähle** eine Stimmung für den Text: traurig, verärgert, freundlich, gelangweilt.

Sigge stellt sich vor

Jenny Jägerfeld (übersetzt in einfache Sprache)

Ich heiße Sigge.||Und ich schiele.|| Das heißt:| Meine beiden Augen schauen nicht in die gleiche Richtung.|| Ein Auge schaut immer auf die Nase.|| Das ist mein schwaches Auge.||

Als ich kleiner war,| hatte ich deshalb eine Augenklappe.|| Die Augenklappe wird auf das starke Auge geklebt.|| Das ist das Auge,| das nicht schielt.|| Dann kann man nur noch mit dem schwachen Auge sehen.|| Das ist gut,| weil das schwache Auge dann mehr arbeiten muss.|| Mit der Zeit wird das schwache Auge dann stärker.||

Ohne eine Augenklappe macht das starke Auge die ganze Arbeit.||Und das schwache Auge wird immer schlechter.|| So schlecht,| dass man auf dem schwachen Auge irgendwann fast blind ist.||

Trotzdem habe ich die Augenklappe gehasst.||Die Augenklappe musste oft gewechselt werden.|| Das hat sich immer so angefühlt,| als ob mir jemand die Augenbraue abreißt.||

Hörbuch

WES-127931-022

In diesem Kapitel geht es um Hörbücher. Ein Hörbuch ist ein vorgelesenes Buch. Eine Vorleserin oder ein Vorleser lesen das jeweilige Buch vor.

1 **Sprich** mit einem Partner über die Fragen:
- Welche Hörbücher kennst du schon?
- Was ist besonders an Hörbüchern?
- Liest du lieber Bücher oder hörst du lieber Hörbücher?

2 a) **Schau** dir das Titelbild **an**. Es gehört zum Hörbuch „Der Tag, an dem die Oma das Internet kaputt gemacht hat“.

b) **Sprich** über die folgenden Fragen. Der **Wortschatz** hilft dir dabei.
- Was kannst du entdecken?
- Worum könnte das Hörbuch handeln?

Wortschatz

Oma Enkel Enkelin Monitor Tisch Tastatur
reden surfen schreiben klicken
suchen anschalten ausschalten zusammen
alleine funktionieren hören sehen

3 **Hör** dir das Hörspiel „Der Tag, an dem die Oma das Internet kaputt gemacht hat“ **an**.

Tipp: Wenn du deine Augen schließt, kannst du aufmerksamer zuhören.

Ein Hörbuch hören und verstehen

WES-127931-023

1 **Schau** dir die einzelnen Bilder **an**. Sie erzählen die Geschichte.

2 Die Bilder sind nicht geordnet. **Bringe** sie in die richtige Reihenfolge von 1–6.

☐

☐

☐

☐

☐

1

3 **Beantworte** die Fragen zur Geschichte. **Sprich** mit einem Partner **darüber**.

A Wie bemerkt Oma das kaputte Internet?
B Was schaut Opa gern im Fernsehen?
C Welche Haarfarbe hat Luisa?
D Wie alt ist Max?
E Wie repariert der Techniker das Internet?

4 **Hör** dir das Hörbuch noch einmal aufmerksam **an**.
Schreibe die Informationen zu den jeweiligen Figuren in die Tabelle.
Der **Wortschatz** hilft dir dabei.

Figur	**Informationen**
Die Oma	kann nicht gut mit Technik umgehen.
Luisa	kann nicht mehr ____________
____________	____________
Tiffany	hat ____________
____________	erzählt ____________

____________	____________________________
Opa	kann nicht mehr ____________________
____________	erzählt ____________________
____________	____________________________

Wortschatz

Internet Fernsehen Kindergarten Ferien Smartphone
schauen hören gehen spielen reparieren senden

5 Wie hat dir das Hörbuch gefallen? **Sprich** mit einem Partner **darüber**.
Der **Wortschatz** auf Seite 25 hilft dir dabei.

- Was hat euch besonders gefallen?
- Was war an der Geschichte besonders?
- Wie gefiel euch das Ende?

6 **Lies** die **Infobox**.

7 Hörbuch oder nicht? **Kreuze** die richtigen Aussagen über Hörbücher **an**.

- [ ] **Ein Hörbuch kann ich lesen und hören.**
- [x] **Mit einem Hörbuch kann ich ein Buch anhören.**
- [ ] **Oft liest eine Sprecherin/ein Sprecher ein Hörbuch vor.**
- [ ] **Schauspielerinnen/Schauspieler lesen nicht besonders gut vor.**
- [ ] **Ein Hörbuch wird nie von einer Autorin/einem Autor vorgelesen.**
- [ ] **In einem Hörbuch gibt es häufig Musik und Geräusche.**

i Infobox

Hörbuch

Ein Hörbuch ist die **vorgelesene Version eines Buches**. Du hörst dem Buch zu. Meist liest es **eine Sprecherin** oder **ein Sprecher** vor. Schauspielerinnen und Schauspieler lesen häufig Hörbücher. Aufgrund ihrer Ausbildung lesen sie gut und ausdrucksstark vor. Manchmal liest **die Autorin** oder **der Autor** das Buch selbst. In Hörbüchern werden **oft** auch **Geräusche und Musik** benutzt.

Ein Hörbuch inhaltlich selbst erschließen

WES-127931-025

1 **Hör** dir das Hörbuch „Der Tag, an dem der Opa den Wasserkocher auf den Herd gestellt hat" aufmerksam **an**. Wiederhole es, falls nötig.

Tipps zum aufmerksamen Anhören
- Suche dir einen ruhigen Platz ohne Lärm und Ablenkung.
- Atme ein paar Mal tief durch, bevor das Hörbuch beginnt.
- Mache nach 5-10 Minuten Anhören immer eine kleine Pause.
- Achte beim Anhören auf die Hauptfiguren.

2 Welche Aussagen sind richtig? **Kreuze** die richtigen Aussagen **an**.

- ☐ **Der neue Wasserkocher ist aus Edelstahl, aber unten aus Plastik.**
- ☐ **Die Familie nutzt eigentlich einen Kochtopf zum Wasserkochen.**
- ☐ **Opa möchte Mama und Papa nicht erzählen, was passiert ist.**

3 **Fülle die Lücken** mit den richtigen Satzenden. Der **Wortschatz** hilft dir dabei.

Anstelle von Papas unbeliebtem Braten gibt es *Pizza.* ____________________

Weil alle raus aus dem Haus müssen, können sie ____________________

____

Der „Kacknachbar" ist eigentlich ____________________

____

Wortschatz

der Opa, der den Wasserkocher auf den Herd gestellt hatte.
den Tag und die Nacht im Garten verbringen.
Pizza

4 Welches Hörbuch gefällt dir besser? **Sprich** mit einem Partner **darüber.**

Wortschatz

Ich finde ...	gut – besser – am besten
Ich mag ...	lustig – spannend – interessant
... gefällt mir, weil ...	lieber – mehr – weniger – schlechter

Von Erlebnissen erzählen

Hier wird gefeiert.

1 **Schaut** euch die Bilder **an**.

A

B

C

D

2 **Sprecht** über die Situationen. Der **Wortschatz** hilft euch dabei.
- Welche Feste erkennt ihr?
- Was erleben die Kinder dort?

3 **Denke** an eine Feier, die du einmal erlebt hast oder gerne erleben würdest. Fällt dir ein lustiger oder aufregender Moment ein? **Erzähle** der Klasse davon.

4 **Sprecht** über eure Eindrücke:
- Was hat euch an euren Erzählungen gefallen?
- Was war leicht und was war schwer beim Erzählen?
- Was war leicht oder schwer beim Zuhören?

Wortschatz			
Halloween	Kinderfest	Fasching	Geburtstag

Ein Erlebnis verständlich erzählen

WES-127931-027

Hülya ist auf Klassenfahrt an der Nordsee. Sie macht eine besondere Entdeckung.

1 **Lies** die Sprachnachricht an ihre Familie.
- Die 3 Punkte (...) bedeuten Pausen beim Sprechen.
- Die *schräg gedruckten Stellen* sind Geräusche in der Sprachnachricht.

„Hey ihr. Ihr werdet ... ihr werdet es nicht glauben. Die Zeit war so krass. Wir ham da ... äh ihr wisst ja, so eine Wanderung gemacht. Also hier konnte man ... *(man hört Meeresrauschen)* wir konnten ... äh das Watt untersuchen ... so ne feste, schlammige Matsche *(Hülya kichert)*.

Und dann ... dann sind wir los, aber echt, das Erlebnis auf dem Weg dahin, das glaubt ihr nie! *(Wind rauscht laut)*

Wir sind erst ... ja, an so einer kleinen Düne ... ähäm ... vorbei. Also wir haben bemerkt, dass sich der schwarze Busch... ähm, irgendwie bewegt hat. Und so ein leises ... äh ... Heulen haben wir gehört ... Voll komisch.

Wir ... also weiter zur ... ähm ... Düne ... Und ihr glaubt es nicht... Es war wirklich ... ein voll süßes kleines ... Baby, das ... *(Wind rauscht laut)* Es war richtig ... klein und lag da wie beim Schlafen.

Aber dann ham wir gesehen, dass es ... äh ... festgesteckt hat ... in einem Netz. Keine Ahnung, was man da tut. *(Schlucken)* ... Polizei rufen? Ähm also Frau Rose hat dann jedenfalls die Polizei ... angerufen ... ein Glück!

Ach, und danach habe ich mit Lisa, Rafael und *(Rauschen)* ähm ... die ganze Klasse hat ein Eis gegessen ... auf den Schreck. Und dann sind wir langsam ... gaaaaaaanz langsam ein Stück weg ..., um es ... das Seehundbaby nicht zu stören. Voll die Aufregung. *(Seufzt)*

Naja, schade, dass ihr bei der Klassenfahrt nicht dabei sein konntet."

2 Habt ihr verstanden, was Hülya erlebt hat? **Sprecht darüber.**
- Wo war Hülya unterwegs?
- Wer war dabei?
- Was haben sie in der Düne gefunden?
- Wie haben sie das Problem gelöst?

3 Warum ist es an einigen Stellen schwer, Hülyas Erzählung zu verstehen? **Kreuze an.**

- [X] **Hülya spricht zu leise.**
- [ ] **Es gibt viele Nebengeräusche in der Nachricht (Rauschen, ...).**
- [ ] **Sie macht in den Sätzen sehr viele Pausen.**
- [ ] **Hülya verwendet unnötige Füllwörter (äh, ähm, ...).**

4 **Verbinde** die Fragen mit den richtigen Antworten.
Sprecht darüber, was auf der Klassenfahrt zu Beginn passiert ist.

Was ist passiert?	Die Klasse, unsere Lehrerin Frau Rose und ich
Wann und wo?	Seehundbaby gefunden bei Wattwanderung
Wer war dabei?	Auf Klassenfahrt an der Nordsee

5 **Nummeriere** die Stichpunkte für den Hauptteil in der richtigen Reihenfolge.

[3] **Ein Seehundbaby konnte sich nicht selbst aus einem Netz befreien.**
[ ] **Frau Rose hat dann gleich die Polizei gerufen.**
[ ] **Auf dem Weg zum Watt kamen wir an einer Düne vorbei.**
[ ] **Etwas hat sich in einem Busch bewegt. Wir haben ein Heulen gehört.**

6 **Schreibe** mit deinen Ergebnissen aus Aufgabe 5 und 6 die vollständige Geschichte **auf**. **Ergänze** auch, was am Schluss noch passiert. Die **Infobox** hilft dir dabei.

i Infobox

Erlebnisse verständlich erzählen

Diese Informationen sind zu **Beginn** einer Erzählung wichtig.
1. Von **welchem Erlebnis** wird erzählt?
2. **Wer oder was** steht im Mitelpunkt?
3. **Wann und wo** passiert das Ganze?

Im **Hauptteil** erzählst du die Schritte des Erlebnisses nach.
Zum **Schluss** erzählst du, wie das Erlebnis **ausgegangen** ist.

Achte beim freien Erzählen darauf, **nicht vom Thema abzuweichen, nicht zu lange Redepausen** zu machen und **auf Wiederholungen und Füllwörter** („Äh“ oder „und dann“) zu **verzichten**.

Eine Erzählung zum Leben erwecken

WES-127931-029

1 Es gab auf der Klassenfahrt auch eine Müllsammelaktion. Hülyas Bruder Deniz schickt dazu eine Sprachnachricht. **Hör** dir den Anfang **an**.

„Der weiche Sand war toll! Erst habe ich ein paar bunte Muscheln entdeckt. Dann sind wir zum rauschenden Meer. Aber rein mussten wir nicht. Zum Glück, bei dem kalten und salzigen Wasser. Wir haben die erste leere Plastikflasche mit so stinkenden Resten drin entdeckt."

2 Welche Sinneseindrücke kommen in der Erzählung vor? **Lies** in der **Infobox** nach. **Sprich darüber.**

3 **Fülle** die Lücken von Deniz' Erlebnis mit den Sinneseindrücken und Spannungswörtern aus dem **Wortschatz**. **Achtung!** Manchmal musst du das Wort verändern.

Wir haben eine Weile gesammelt. Dann sind wir mit den *vollen* ______ Eimern zurück zur Touristen-Info gegangen. Ich habe den ______ Himmel gesehen. Es hat ______ gegrummelt und der ______ Wind hat uns ins Gesicht gepustet. Wir sind vor dem Gewitter weggerannt. ______ haben wir dann das Touristen-Haus erreicht. ______ hat es richtig angefangen zu blitzen und zu krachen.

Wortschatz
- kalt
- voll
- laut
- dunkel
- in diesem Augenblick
- zum Glück

Eine Erzählung lebendig gestalten

Infobox

Eine Erzählung erwacht zum Leben durch:
1. **Sinneseindrücke** (sehen, hören, fühlen, riechen, schmecken),
2. **Gedanken** und **wörtliche Rede** (Hilfe, was soll ich tun?, ...),
3. **Spannungswörter** (aber, auf einmal, plötzlich, unglaublich, ...).

Von einem (eigenen) Erlebnis erzählen

1 **Überlege** dir ein Ereignis aus deiner Erinnerung, von dem du erzählen möchtest.

2 **Fülle** für jede Frage passende Stichwörter in die Tabelle.

Was ist passiert?	
Wann?	
Wo?	
Wer?	
Womit ging alles los?	
Was passierte dann?	
Gibt es einen Höhepunkt?	
Wie ist es ausgegangen?	

3 **Erzähle** dein Erlebnis mithilfe der Tabelle nach.

4 **Schreibe** dein Erlebnis **auf**. Verwende auch Spannungswörter und Formulierungen aus dem **Wortschatz**. **Überprüfe** deine Erzählung mit der **Checkliste**.

Wortschatz

zuerst gerade als in dem Moment
endlich aber dann plötzlich
kurze Zeit später am Ende

Ich dachte nur ...
Mir ging durch den Kopf ...
Ich sah/fühlte ...

Checkliste

- Beantwortest du die wichtigen **W-Fragen** (wer, was, wann, wo)?
- Erzählst du das Erlebnis in der richtigen **Reihenfolge**?
- Bleibst du beim **Thema** und vermeidest Wiederholungen?
- **Verzichtest** du auf lange Pausen und **Füllwörter**?
- Benutzt du **Sinneseindrücke** und **Spannungswörter**?
- Kommen **Gedanken** und/oder **wörtliche Rede** vor?

Märchen

1 **Schau** dir das Bild genau **an**. In diesem Märchenland ist viel los.

2 **Sprecht** über die folgenden Fragen. Der **Wortschatz** hilft euch dabei:
- Welche Märchenfiguren könnt ihr erkennen?
- Woran erkennt ihr sie?
- Welche Figuren kennt ihr nicht?
- Kennt ihr noch andere Märchen?

3 **Denke** noch **weiter** über Märchen **nach**. **Sprich** über die folgenden Fragen:
- Welches sind deine Lieblingsmärchen?
- Was gefällt dir besonders an ihnen?
- Macht dir vielleicht auch etwas Angst?

Wortschatz

Eine Figur ist eine Person oder ein Wesen in literarischen Texten.
In Märchen: Rotkäppchen, Rumpelstilzchen, Geißlein, Schneiderlein, Frau Holle, Froschkönig, Sterntaler, Schneewittchen, Dornröschen, Rapunzel, die böse Hexe, …

Märchen lesen und verstehen

WES-127931-032

1 **Lies** das Märchen Rumpelstilzchen.

Rumpelstilzchen

nach den Brüdern Grimm
(übersetzt in einfache Sprache)

Es war einmal ein armer **Müller**. Er hatte eine schöne **Tochter**. Einmal traf der Müller einen **König.** Er sagte zu ihm: „Meine Tochter kann aus Stroh Gold spinnen.“ Der König liebte Gold. Deshalb befahl er ihm: „Wenn deine Tochter aus Stroh Gold machen kann, bring sie morgen in mein Schloss.“ **Am nächsten Tag** brachte der Müller seine Tochter ins Schloss.

Der König führte das Mädchen in eine **kleine Kammer**. Dort war alles voll mit Stroh. Der König gab dem Mädchen ein **Spinnrad** und sagte: „Bis morgen früh musst du damit aus dem **Stroh Gold spinnen**. Wenn du das nicht schaffst, dann musst du sterben.“ Dann ging der König weg. Das arme Mädchen saß vor dem Stroh und bekam Angst. Sie hatte nämlich keine Ahnung, wie man aus Stroh Gold macht. Sie fing an zu weinen.

Da ging auf einmal die Tür auf. Ein **kleines Männlein** kam herein. Es fragte das Mädchen, warum es weinte. Das Mädchen antwortete: „Ach, ich soll aus Stroh Gold spinnen. Und ich kann das doch gar nicht.“

Da fragte das Männlein das Mädchen: „Was gibst du mir, wenn ich das für dich mache?“ „Mein **Halsband**“, sagte das Mädchen.

Das Männlein war einverstanden. Es setzte sich vor das Spinnrad. Das Spinnrad machte schnurr, schnurr, schnurr. Bald war das erste Gold fertig. So ging es die ganze Nacht lang. Am nächsten Morgen hatte das **Männlein** aus dem ganzen Stroh **Gold gesponnen**.

Als der **König** am Morgen kam und das Gold sah, **staunte** er und **freute sich**. Aber er wollte **noch mehr Gold haben**. Also brachte er das Mädchen in eine **andere Kammer** mit noch mehr Stroh. Das Mädchen sollte wieder bis zum nächsten Morgen aus dem Stroh Gold spinnen. Das Mädchen war verzweifelt und weinte.

Da ging wieder die Tür auf. Das kleine Männlein kam und sagte: „Was gibst du mir, wenn ich für dich das Stroh zu Gold spinne?“ „Meinen **Ring**“, antwortete das Mädchen. Das Männlein nahm den Ring und machte auch diesmal aus dem ganzen Stroh Gold.

Der König freute sich sehr. Aber er hatte immer noch nicht genug. Er brachte das Mädchen in eine noch **größere Kammer** mit noch mehr

Stroh. Er sagte: „Wenn du daraus Gold machst, dann **heirate** ich dich.“ Er dachte nämlich: „Sie ist zwar nur die Tochter von einem Müller, aber eine reichere Frau gibt es trotzdem nicht.“

Als das Mädchen wieder allein war, kam das Männlein zum dritten Mal. Es fragte: „Was gibst du mir diesmal, wenn ich dir helfe?“ Das Mädchen antwortete: „Ich habe nichts mehr.“ Darauf sagte das Männlein: „Dann gib mir dein erstes **Kind**, wenn du Königin bist.“ Das Mädchen versprach dem Männlein ihr erstes Kind. Und das Männlein machte wieder Gold aus dem Stroh.

Der König kam am nächsten Morgen und freute sich über das viele Gold. Er heiratete das Mädchen und sie wurde seine **Königin**. Ein Jahr später brachte die Königin ein **Kind** auf die Welt. Sie dachte gar nicht mehr an das Männlein. Aber plötzlich tauchte das Männlein wieder auf. Es sagte: „Gib mir, was du mir **versprochen** hast!“ Da weinte die Königin so sehr, dass das Männlein Mitleid bekam. Es sagte: „Du hast **3 Tage** Zeit. Wenn du bis dahin meinen **Namen** weißt, dann darfst du dein Kind behalten.“

Die Königin überlegte die ganze Nacht. Sie dachte an alle Namen, die sie schon gehört hatte und schickte sogar einen Boten los. Der Bote sollte herausfinden, welche Namen es sonst noch gab. Als am nächsten Tag das Männlein kam, zählte sie alle Namen auf, die sie kannte: „**Caspar, Melchior, Balthasar,** ...“ Aber bei jedem Namen sagte das Männlein: „Nein, so heiß ich nicht.“

Am zweiten Tag fragte die Königin in der Nachbarschaft, welche Namen es dort gab. Als das Männlein wiederkam, nannte die Königin ihm die seltsamen Namen, die sie gehört hatte: „Heißt du vielleicht **Rippenbiest** oder **Hammelwade** oder **Schnürbein**?“ Aber das Männlein antwortete immer: „Nein, so heiß ich nicht.“

Am dritten Tag kam der Bote zurück. Der Bote erzählte: „Ich habe keinen einzigen neuen Namen gefunden. Aber unterwegs habe ich ein kleines Feuer gesehen. Und um das Feuer herum sprang ein kleines Männlein. Es hüpfte auf einem Bein und schrie: „Heute back ich, morgen brau ich, übermorgen hol ich der Königin ihr Kind. Ach, wie gut, dass niemand weiß, dass ich **Rumpelstilzchen** heiß!“

Vielleicht könnt ihr euch denken, wie froh die Königin war. Bald danach kam auch schon das Männlein und fragte: „Nun, wie heiße ich?“ Die Königin antwortete zuerst: „Heißt du **Kunz**? Oder heißt du **Heinz**?“ Dann sagte sie: „Heißt du etwa **Rumpelstilzchen**?“ Da wurde das Männlein furchtbar wütend. Es stampfte vor Wut so fest auf, dass es mit einem Bein im Boden steckte.

2 Welche 3 Figuren kommen in dem Märchen vor? **Kreuze an.**

☐ **Müllerstochter** ☐ **Rumpelstilzchen**
☐ **Prinzessin** ☐ **Frosch**

3 **Sprich** mit einem Partner über folgende Fragen. Der **Wortschatz** hilft euch dabei.

- Warum muss die Müllerstochter Stroh zu Gold spinnen?
- Wie fühlt sie sich dabei?
- Wie findet ihr den König als Figur? Welche Adjektive fallen euch zu ihm ein?
- Was denkt ihr über das Männlein?

Wortschatz

arm	habgierig	reich	traurig	ängstlich	verzweifelt
froh	bösartig	böse	gemein	zornig	hoffnungsvoll

4 **Nummeriere** in der richtigen Reihenfolge, welche Dinge das Männlein vom Mädchen fordert.

☐ **Ring** ☐ **Halsband** ☐ **Kind**

5 Findest du es fair, dass das Männlein das fordert? **Sprich darüber**.

6 Die Müllerstochter kann nur ihr Kind behalten, wenn sie den Namen des Männleins weiß. Wie heißt es denn? **Fülle** die Lücke.

Das Männlein heißt ______________________________.

7 Sind die Figuren gut oder böse? **Ordne** sie der richtigen Spalte der Tabelle **zu**. Der **Wortschatz** hilft dir dabei.

gute Figuren	böse Figuren

Wortschatz

Rumpelstilzchen König Müller Müllerstochter

Die Besonderheiten von Märchen kennenlernen

WES-127931-035

1 **Lies** das polnische Märchen.

Stachelsöhnchen *ein Märchen aus Polen*

(übersetzt in einfache Sprache)

Es waren einmal ein **Bauer** und seine **Frau**. Sie wünschten sich schon lange ein Kind. An einem Tag sah die Frau vor ihrem Haus einen Igel. Sie dachte sich: „Es wäre so schön, wenn ich ein Kind hätte. Auch wenn es nur ein Igel wäre.“
Bald danach bekam die Frau tatsächlich ein **Kind**. Es sah aber nicht so aus wie andere Kinder. Es hatte am ganzen Körper Stacheln. Und es hatte eine kleine schwarze Schnauze wie ein Igel. Deshalb nannten der Bauer und seine Frau ihr Kind **Stachel-Söhnchen**.
Als Stachel-Söhnchen ein Jahr alt war, konnt er schon sprechen wie ein Erwachsener. Er half seiner Mutter im Haushalt. Am liebsten aber ging er in den Wald.
Einmal hatte sich ein **König** im Wald verlaufen. Der König sah plötzlich Stachel-Söhnchen. Der König fragte ihn nach dem Weg. Stachel-Söhnchen sagte: „Ich kann dir den Weg zeigen. Aber dafür musst du mir erlauben, dass ich eine von deinen Töchtern heirate.“ Der König dachte: „Der kommt sowieso nie in mein Schloss.“ Er sagte deshalb zu ihm: „In Ordnung. Ich erfülle dir deinen Wunsch.“
Stachel-Söhnchen zeigte dem König den Weg aus dem Wald. Als der König zu Hause angekommen war, hatte er sein **Versprechen** schon vergessen.
Stachel-Söhnchen ging gleich am nächsten Tag zum Schloss. Der König war gerade dabei, mit seinen **Töchtern** zu essen. Er war sehr erschrocken, als er Stachel-Söhnchen sah. Dieser sagte zum König: „Ich möchte mir holen, was du mir versprochen hast!“
Da erzählte der König seinen Töchtern, was er versprochen hatte. Die Töchter fingen an zu lachen. Aber die **jüngste Tochter** sagte: „Vater, ein Versprechen ist ein Versprechen. Auch wenn man es nur einem Igel gegeben hat. Ich werde ihn heiraten.“ Und die Tochter gab Stachel-Söhnchen einen **Kuss**. Da verwandelte sich Stachel-Söhnchen plötzlich in einen **schönen jungen Mann**. Die anderen Töchter staunten. So einen schönen Mann hatten sie noch nie gesehen.
Stachel-Söhnchen und die Königstochter heirateten, bekamen viele Kinder und waren sehr glücklich.

2 Was hat dir an dem Märchen besonders gefallen? **Schreibe** den Satz zu Ende.

Mir hat besonders gut gefallen, dass ... ____________________

____

3 **Schreibe** die Lösung der Fragen **auf**. Der **Wortschatz** hilft dir dabei.

a) Welchen Wunsch haben der Bauer und seine Frau? Ein Kind ____________

b) Wie sieht das Kind aus? Wie ein ____________

c) Wo begegnen sich Stachelsöhnchen und König? Im ____________

d) Was verspricht ihm der König? Die Heirat einer ____________

Wortschatz			
Wald	Kind	Igel	Tochter

4 In dem Märchen Stachelsöhnchen sind viele Merkmale von Märchen zu finden.
a) **Verbinde** die passenden Bausteine miteinander. Die **Infobox** hilft dir dabei.

Figuren	Bauern-Königsfamilie, Tier-Mensch, Stachelsöhnchen – Königstochter
Aufgaben/ Rätsel	Igel → schöner, junger Mann
Magische Zahlen	... zeigt dem König den Weg aus dem Wald, sucht selbst das Schloss des Königs
Verwandlung	Schloss – Wald
Orte/Wege	Bauern, König, Stachelsöhnchen, Königstochter
Gegensätze	7

b) Der Aufbau von Märchen ist immer ähnlich. Lies die **Infobox**.
Schreibe auf die Linien, um welchen Schritt es sich bei den Beispielen handelt.

Das Problem ist gelöst.	Es war einmal ...	Stachelsöhnchen macht sich auf den Weg, das Problem zu lösen.
______________	______________	______________

Besonderheiten von typischen Märchen

Infobox

Märchen gibt es überall auf der Welt. Die bekanntesten deutschen Märchensammler waren die Brüder Jakob und Wilhelm Grimm. Sie haben sich damals viele Märchen erzählen lassen und das erste Mal aufgeschrieben. Diese Märchen werden heute Volksmärchen genannt.

Merkmale
- **Figuren:** Könige/Königinnen, Prinz/Prinzessinnen, Bauern
- **Eigenschaften:** oft gegensätzlich (gut/böse; arm/reich)
- **Inhalt:** meist müssen die Hauptfiguren an besonderen Orten (Schlösser, Wälder, Gebirge) schwierige Aufgaben lösen
- **Besonderheiten:** Dinge, Tiere oder Wesen haben übernatürliche Kräfte; Verwandlungen und Magie (Sprüche, Zauberformeln oder magische Zahlen wie 3, 7, 12)

Aufbau von Märchen
Schritt 1: Beginn: Vorstellung der Figuren und ein Problem tritt auf
Schritt 2: Hauptteil: Hauptfigur versucht, das Problem zu lösen und Herausforderungen zu meistern
Schritt 3: Schluss: Das Problem ist gelöst, die Guten werden belohnt und die Bösen bestraft

Folgende Besonderheiten sind auch oft zu finden:
- **Anfangsformel** („Es war einmal ...“, „Vor langer, langer Zeit ...“)
- **Schlussformel** („Und wenn sie nicht gestorben sind, dann leben sie noch heute.“)
- **Zeitform** des Erzählens: Märchen werden meistens in der Vergangenheit erzählt („Es war einmal ...“).

Ein Märchen szenisch darstellen

1 **Lies** die Infobox, wie man ein Märchen szenisch darstellen kann.

2 **Bereitet** das Märchen Stachelsöhnchen szenisch **vor**. Geht nach der Infobox vor. **Führt** das Märchen dann vor der Klasse **auf**.

Infobox

Ein Märchen szenisch gestalten

1. Schritt: Eine Spielfassung schreiben

- Schreibt eine **Spielfassung**: Gliedert das Märchen in **Szenen**. Eine Szene ist eine **kleinere Einheit in einem Text**. Sie spielt meist an nur **einem Ort**.
- **Schreibt** auf, **was** die **Figuren** in der Szene **sagen** und **tun**. Es muss zum Märchen passen.

2. Schritt: Die Rollen verteilen

- **Verteilt die Rollen**. Helft euch beim Lernen der Texte gegenseitig.
- **Denkt** auch **an Personen**, die für **Requisiten** (Dinge, die man braucht, um ein echtes Bild zu erschaffen, zum Beispiel: Kleidung, Tücher, Werkzeuge, Waffen, Gegenstände, Schmuck, ...) und **Technik** zuständig sind.

3. Schritt: Die Texte auswendig lernen

- **Lest** den Text für eure Szenen **mehrmals**, damit ihr ihn gut kennt.
- **Übt in Gruppen**, die Szenen mit verteilten Rollen zu lesen und zu sprechen.
- **Übt** verschiedene Möglichkeiten, **wie die Figuren sprechen**.

4. Schritt: Die Aufführung vorbereiten

- Jetzt könnt ihr die Texte. Überlegt euch **passende Requisiten**.
- **Übt eure Szenen mehrmals** gemeinsam. **Gebt** einander **Feedback**.
- Macht zum **Schluss** eine **gemeinsame Generalprobe**.

Ein modernes Märchen untersuchen

WES-127931-039

1 **Lies** das Märchen.

Babsi boxt sich durch

(übersetzt in einfache Sprache)

Es war einmal ein **König** mit einem armen kleinen Königreich. Statt zu regieren, verspielte er lieber sein Geld.
Eines Tages bekam die **Königin** ein Kind. Der König und die Königin nannten das Kind **Babsi**.
Der arme König sagte: „Sie wird einmal eine hübsche Prinzessin sein. Wenn sie erwachsen ist, soll sie einen reichen Prinzen heiraten. Dann haben wir keine Geldsorgen mehr."
Der König hatte aber Angst, dass Babsi weglaufen könnte. Deshalb sperrte er sie in einen hohen Turm auf einer einsamen Insel.
Babsi war meistens allein in ihrem Turm. Nur ihr **Kater Max** war bei ihr. Max konnte sprechen. Er hatte in einem früheren Leben als Box-Trainer gearbeitet. Deshalb brachte er Babsi bei, wie man boxt.
Am 18. Geburtstag von Babsi stand plötzlich der König unten am Turm. Er rief: „Es wird Zeit, dass du einen **reichen Prinzen** heiratest. Ich brauche Geld!" Als Antwort bekam der König von Babsi einen Faustschlag mitten ins Gesicht. Babsi rief: „Das geschieht dir recht, du Blödmann! Warum hast du mich nie besucht? Vielleicht musst du selbst mal allein im Turm eingesperrt werden. Dann weißt du, wie das ist!" Also sperrte Babsi den König in den Turm ein.

Babsi wird Königin

Babsi freute sich sehr, dass sie nicht mehr eingesperrt war. Sie ging zurück aufs Schloss und wurde dort die neue Königin.
In ihrer Freizeit brachte Babsi anderen Mädchen das Boxen bei. Ihr Kater Max war immer bei ihr. Trotzdem war Babsi oft einsam. Sie sagte zu Max: „Wenn ich schon Königin bin, dann will ich auch einen **Prinzen** haben. Aber den richtigen suche ich mir selbst aus."

Babsi findet einen Prinzen

Zufällig sah Babsi dann in der Zeitung die Kontaktanzeige von einem Prinzen. Sie rief: „Der gefällt mir!" Sie setzte sich auf ihr Fahrrad und traf sich mit dem Prinzen in einem Café. Denn Babsi liebte Kaffee. Babsi und der **Prinz** merkten schnell, dass sie gut zueinander passten. Denn beide boxten gerne und beide mochten Kaffee. Und wenn sie nicht gestorben sind, dann boxen sie noch heute.

2 Wie hat dir das Märchen gefallen? **Sprich darüber**.

3 Worum geht es in dem Märchen?
Kreuze die richtige Aussage **an**.

- ☐ **Babsi wird entführt und kommt bei einem Befreiungsversuch ums Leben.**
- ☐ **Babsi lernt zu Boxen und befreit sich selbst.**
- ☐ **Babsi wird von ihrem Prinzen befreit und sie leben glücklich zusammen.**

4 Was macht „Babsi boxt sich durch“ zu einem Märchen?
Fülle die Lücken mit den passenden Begriffen. Der **Wortschatz** hilft dir dabei.

Babsi wird von ihrem Vater in einem hohen *Turm*__________ auf einer einsamen Insel eingeschlossen. Doch sie hat einen Freund, ihren magischen ______________ Max. Er bringt ihr das ______________ bei. Sie ______________ sich durch einen Faustschlag von ihrem Vater und wird zur ______________. Am Ende findet sie auch ihren ______________.

Wortschatz

Kater — befreit — Traumprinzen — Turm — Boxen — Königin

Ein Märchen schreiben

1 **Lies** die Bausteine zu den Elementen der Märchen. Sie helfen dir, dein Märchen zu schreiben. Wenn du ein modernes Märchen schreibst, beachte die **Infobox**.

Aufbau
- Einleitung („Es war einmal ...“)
- Hauptteil
- Schluss („Und wenn sie nicht gestorben sind, dann leben sie noch heute.“)

Inhalt
- Was machen die Hauptfiguren?
- Welche Eigenschaften haben sie?
- Wem begegnen sie?
- Welches Ziel haben die Hauptfiguren?
- Was wollen die Hauptfiguren erreichen?
- Was ist am Ende des Märchens das Happy End?

Figuren
- Mädchen, Junge, Mutter, Vater, Großmutter, Großvater, Riese, Rabe, Hexe, Zwerg, König/Königin, Prinzessin/Prinz, Fee, Esel, Drache

Typisch Märchen
- Gegenteile (arm-reich, jung-alt, ...)
- Magisches (Zahlen, Wesen, ...)
- Märchenorte (Burg, Schloss, Wald, Höhle, ...)

Merkmale von modernen Märchen

Infobox

Moderne Märchen ...
- erzählen von **modernen Figuren** (Königin lebt im Wolkenkratzer),
- erzählen **aktuelle Themen** (Medien, Klimawandel, Unabhängigkeit der Frau, ...),
- **tauschen** typische **Eigenschaften** von **Figuren** (mutige Prinzessin, nette Stiefmutter, ...),
- **ordnen** gute und böse **Eigenschaften nicht eindeutig** zu (Figur ist hilfsbereit und gemein, ...),
- **wandeln Anfangsformeln um** (Es war erst letzte Woche, ...).

2 **Fülle** den Steckbrief zu deiner Hauptfigur und **male** sie.
Schau dir nochmal die Bausteine von Seite 41 **an**.

Wer ist die Hauptfigur? ______________________

Wo spielt das Märchen?

____

Was macht die Hauptfigur/was passiert der Hauptfigur?

____

____

Wem begegnet sie? Welche anderen Figuren kommen vor?

____

____

Was will die Hauptfigur erreichen?

____

____

____

Welches Ende erhält sie als Happy End?

____

____

3 **Schreibe** dein eigenes Märchen jetzt auf ein Extrablatt.

4 **Lies** dein Märchen **vor**. Lasse dir ein Feedback (= Einschätzung) geben.

Ein Märchen untersuchen und weiterschreiben

WES-127931-043

1 **Lies** den ersten Teil des Märchens Hans Dumm.

Hans Dumm

(nach den Brüdern Grimm) (übersetzt in einfache Sprache)

Es war einmal ein **König**. Der König hatte eine Tochter, die **Prinzessin**. Der König und die Prinzessin lebten fröhlich miteinander.
Einmal geschah etwas: Die Prinzessin bekam ein **Kind**. Aber niemand wusste, wer der **Vater** war. Der König wusste lange nicht, was er tun sollte. Dann hatte er eine Idee. Die Prinzessin sollte mit dem Kind in die Kirche gehen. Das Kind sollte eine **Zitrone** nehmen und irgendeinem **Mann** in der Kirche geben. Dieser Mann sollte die **Prinzessin heiraten** und der Vater sein. An diesem Tag durften nur schöne Leute in die Kirche gelassen werden.
In der Stadt gab es aber einen jungen **Mann**, der gar nicht schön war. Er war auch nicht sehr klug. Deshalb hieß er **Hans Dumm**. Er drängte sich in die Kirche, obwohl er eigentlich nicht hinein durfte. Und ausgerechnet diesem Mann gab das Kind die Zitrone.
Die Prinzessin war darüber sehr erschrocken. Und der König war furchtbar wütend. Der König **schickte** die Prinzessin, das Kind und Hans Dumm **weg**. Als sie allein waren, beschwerte sich die Prinzessin: „Du böser, hässlicher Mensch bist an allem schuld! Warum bist du in die Kirche gegangen? Das Kind geht dich doch gar nichts an.“ Hans Dumm sagte: „O doch, das Kind geht mich etwas an. Ich habe mir **gewünscht**, dass du ein Kind bekommst. Und was ich mir **wünsche**, **das passiert** auch.“

2 Welche typischen Märchenmerkmale sind in dem Märchen zu finden? **Male** die richtigen Zahlen in einer Farbe **an**. Die **Checkliste** von Seite 44 hilft dir dabei.

1	Das Märchen beginnt mit einer Anfangsformel.	5	Es kommen typische Märchenfiguren vor.
2	Die Figuren haben gegensätzliche Eigenschaften.	6	In dem Märchen kommt Magie vor.
3	Es gibt typische Orte und Wege.	7	Magische Zahlen und Sprüche kommen in dem Märchen vor.
4	Das Märchen ist im Präteritum (1. Vergangenheit) geschrieben.	8	Es gibt Aufgaben, die gelöst werden müssen.

3 Wie geht das Märchen von Hans Dumm weiter?

a) **Schau** dir die Bilder **an**.

b) **Schreibe** einen passenden Schluss mit den Bildern.
Der **Wortschatz** hilft dir dabei.

Wortschatz

Hans Dumm wünschte sich ... nach einiger Zeit ... am Ende des Tages ... nachdem er/sie das gesagt hatte ... bevor er/sie etwas antworten konnte ... ... am Ende ...

... wünschte er sich ein schnelles Schiff . – wieder an Land wünschte er sich ein prächtiges Schloss. – Zum Schluss wünschte er sich, dass er ein schöner Prinz wurde. – Sie lebten glücklich zusammen.

Checkliste

Hast du geprüft, ob ...

- in „Hans Dumm“ **typische Märchenfiguren** vorkommen?
- die Figuren **gegensätzliche Eigenschaften** haben?
- **magische Wesen** und **wiederkehrende Zahlen/Sprüche** vorkommen?
- der Text an **typischen Orten** für Volksmärchen spielt?
- im Verlauf **Herausforderungen oder Aufgaben** auftreten?
- deine Fortsetzung des Märchens mit einem **Happy End** abschließt?
- dein Märchen mit einer **typischen Schlussformel** endet?
- die Fortsetzung deines Märchens im **Präteritum** geschrieben ist?

Gedichtwerkstatt

1 a) **Schau** dir die 4 Bilder **an**.
b) Was haben diese Bilder gemeinsam? **Sprecht** über die Fragen:
- Was sind das für Gegenstände?
- Kennst du diese Gegenstände aus dem Alltag?
- Was fällt dir an den Texten auf?
- Fällt dir was Besonderes auf?

2 Diese Texte sind wie kleine Gedichte. **Sprich** über die Fragen:
- Siehst du das auch so?
- Warum könnten sie Gedichte sein?

3 Welche Erfahrungen habt ihr mit Gedichten gemacht? **Sprecht darüber**.

Merkmale von Gedichten erkennen

WES-127931-046

1 Woran erkennst du eigentlich Gedichte?

a) **Lies** das Gedicht „Die Fle**dd**ermaus“.

b) Es fehlen Wörter. **Verbinde** die Fragezeichen mit dem passenden Wort.

c) **Lest** euch das Gedicht gegenseitig **vor**.

Die Fle**dd**ermaus

Werner Färber (verändert)

Zu Beginn der Dämmer**ung**
gerät die Fledermaus in ?.
Sie kommt aus ihrem Schlafquar**tier**
und jagt gekonnt ?.

Mit eingebautem Echolot
sammelt sie ihr Abendbrot.

Doch die Signale, die sie ?,
sind mit einem Mal gest**ört**!
Der sonst perfekte ?
ist ganz plötzlich einfach **hin**!

Orientierungslos im Raum
saust sie voll in einen Baum.

Taumelnd, hilflos, kreuz und **quer**
geht's zwischen Ästen hin und ?.
Nur mit Glück findet sie **raus** –
die arg zerzauste ?.

Steuer**sinn**

Schw**ung**

Echolot
Gerät zur Orientierung

h**ört**

Fle**dd**er**maus**

h**er**

Insekten**tier**

2 **Sprecht** über die Fragen:

a) In welcher Notsituation befindet sich die Fle**dd**ermaus?

b) Passt die Überschrift „Die Fle**dd**ermaus“ zum Gedicht?

3 **Lies** den Sachtext zur Fledermaus.

Die Fledermaus

Die Fledermaus ist ein **nachtaktives Tier**. Sie orientiert sich mit ihrem **Gehör**. Dabei **sendet** die Fledermaus **hohe Schreie** aus, die wir nicht hören können. Der **Ultraschall-Schrei** wird **von Gegenständen zurückgeworfen**. Er gelangt **wieder zu den Ohren** der Fledermaus zurück.
Das dauert ein bisschen. Die Fledermaus erkennt an der Zeit zwischen dem Schrei und seinem Schall (wenn er wieder zurückkommt), wie **weit etwas entfernt ist**. So können sie **im Flug ihre Nahrung fangen** (zum Beispiel Nachtfalter).

4 **Sprecht** in der Klasse über die Fragen:

- Welche besondere Fähigkeit haben Fledermäuse?
- Wie wirkt der Sachtext auf euch?

5 Wie unterscheidet sich das Gedicht vom Sachtext?
Fülle [a] für das Gedicht und [b] für den Sachtext in die Kästchen.

Das Gedicht ... / Der Sachtext ...

☐ **...erklärt, wie Fledermäuse nachts ihre Beute fangen.**
☐ **...enthält Wörter, die sich reimen.**
[b] **...ist in einem Fließtext geschrieben.**
☐ **...ist sachlich geschrieben.**
☐ **...besteht aus ähnlich geformten Absätzen (Strophen).**
☐ **...will uns Wissen vermitteln.**
☐ **...malt eine Art Bild, wie Fledermäuse unterwegs sind.**

6 **Lies** die **Infobox**. Trifft deine Unterscheidung zu den Gedichten zu? **Sprich darüber**.

Gedichte erkennen

Infobox

Gedichte erkennst du vor allem an ihrer äußeren Form:

- Eine **Zeile** in einem Gedicht nennt man **Vers**.
- Am **Ende der Verse** stehen oft **Reimwörter** (ähnlich klingende Wörter).
- Einen **Absatz** nennt man **Strophe**.

Stimmungen in Gedichten wahrnehmen

WES-127931-048

1 **Schließ** die Augen. **Hör** dir das Gedicht von Wilhelm Busch **an**.

Sie war ein Blümlein hübsch und fein

Wilhelm Busch

Sie war ein Blümlein hübsch und fein,
heil aufgeblüht im Sonnenschein,
er war ein junger Schmetterling,
der selig an der Blume hing.

Oft kam ein Bienlein mit Gebrumm
und nascht und säuselt da herum.
Oft kroch ein Käfer kribbelkrab
am hübschen Blümlein auf und ab.

Ach Gott, wie das dem Schmetterling
so schmerzlich durch die Seele ging.
Doch was am meisten ihn entsetzt,
das Allerschlimmste kam zuletzt.

Ein alter Esel fraß die ganze
von ihm so heiß geliebte Pflanze.

2 **Sprecht** über die Fragen:

a) Was habt ihr euch beim Anhören vorgestellt?
b) Warum ist der Schmetterling am Ende so entsetzt?

3 Welche Bedeutung hat das Blümlein für den Schmetterling?
Kreuze die passenden Aussagen **an**.

Der Schmetterling ...

- [x] **sorgt sich um die Blume.**
- [ ] **interessiert sich nicht für die Blume.**
- [ ] **ist von der Blume genervt.**
- [ ] **findet die Blume hübsch und fein.**
- [ ] **hängt an der Blume.**

4 Wie findet es der Schmetterling, dass ihn viele Tiere besuchen? **Kreuze an.**

- [ ] **sehr spannend**
- [ ] **witzig**
- [ ] **schmerzlich**

5 a) Welche Stimmungen passen zu den einzelnen Strophen des Gedichts? **Verbinde** die Strophen mit den passenden Adjektiven. **Nimm** für jede Strophe eine andere Farbe. Mehrere Lösungen sind möglich. Die **Infobox** hilft dir dabei.

entsetzt	1. Strophe	begeistert
glücklich		ängstlich
verzweifelt	2. Strophe	fröhlich
selig		witzig
aufgeregt	3. Strophe	traurig
zufrieden	4. Strophe	schmerzlich

b) Wie fühlt sich der Schmetterling in den letzten beiden Strophen? **Kreuze an.**

- [ ] **traurig**
- [ ] **entsetzt**
- [ ] **glücklich**
- [ ] **verzweifelt**
- [ ] **aufgeregt**
- [ ] **schmerzlich**

6 **Lies** das Gedicht in den passenden Stimmungen **vor**. Der **Wortschatz** hilft dir dabei.

Wortschatz

☺	☹	☺
• fröhlich	• entsetzt	• aufgeregt
• glücklich	• verzweifelt	• witzig
• zufrieden	• traurig	• spannend
• begeistert	• schmerzlich	
• mutig	• ängstlich	
• munter	• furchteinflößend	
• stolz	• wütend	
• hoffnungsvoll		
• lustig		

Stimmungen in Gedichten

i Infobox

Adjektive und andere Wörter erzeugen in Gedichten **Stimmungen** (ängstlich, mutig, ...). Sie können **unterschiedlich empfunden** werden.

Reime in Gedichten untersuchen

WES-127931-050

1 **Lies** das Gedicht laut **vor**.

Der gereimte Löwe

James Krüss (verändert)

Ein Löwe, groß und fürchterlich,
Begann vor Wut zu weinen:
Er suchte einen Reim auf sich,
Doch leider fand er keinen.

Er saß betrübt am Meeresstrand,
Wo wilde Wellen schäumen,
Bedenkend, dass sich da im Land
Fast alle Tiere reimen.

Warum reimt sich der Löwe nicht?
Soll er stets reimlos bleiben?
Wird niemals jemand ein Gedicht
Mit Löwenreimen schreiben?

Der arme Löwe saß und sann,
Im Ufersande schabend.
Da kam ein weißer Vogel an
Und sagte: Guten Abend!

Lass mich allein! Entferne dich!
Erwiderte der Löwe.
Ich suche einen Reim auf mich!
Da sprach der Vogel: Möwe!

Zwar reimt sich, Hunz auf Kunz
Und andre dumme Sachen!
Jedoch auch wir zwei reimen uns.
Und sie fing an zu lachen.

abgeleitet von „Hinz und Kunz“: Redewendung für „jedermann“

2 **Fülle** die Lücken in den Fragen zum Gedicht.

a) Wie heißt die Überschrift des Gedichts? *Der gereimte Löwe*

b) Wie fühlt sich der Löwe? Nutze den **Wortschatz** von Seite 49.

Strophe 1: Der Löwe ist ____________________

Strophe 2: Der Löwe ist ____________________, weil er noch keinen ____________________ gefunden hat.

c) Was passiert in der **5. Strophe** des Gedichts?

Der Löwe findet den passenden __________ auf Löwe, nämlich __________.

3 In Gedichten kommen Reimwörter vor. **Verbinde** die passenden Reimwörter.

Hut	rund
Sand	Mut
Hose	Topf
heiter	Strand
Grund	weiter
Kopf	Rose

4 a) **Lies** das Gedicht noch einmal.

b) Markiere im Gedicht die **zusammengehörenden Reimwörter** in der **gleichen Farbe** am Versende.

c) **Schreibe** die Reimwörter passend zur Strophe **auf**.

Strophe 1: *fürchterlich – sich,*
weinen – keinen

Strophe 2:

Strophe 3:

Strophe 4:

Strophe 5:

Strophe 6:

5 **Hör** dir das Gedicht an und lass es auf dich wirken.

Eisbärwünsche

Victoria Herold

Nichts wünschte sich die Eisbärin mehr
als eine Zukunft schön und weiß.
Ihr Herz wog tonnenschwer,
geschmolzen war das Eis.

Wir haben uns. Egal, was auch kommt,
sagte sie zum Eisbärenkind.
Sah Licht am Horizont.
Spürte den kalten Wind.

6 **Lies** das Gedicht.

Niedliches Eichhörnchen

Joachim Ringelnatz

Ein niedliches Eichhörnchen
lutschte am kleinen Zehchen.
Dort hatte es ein Wehwehchen –
Wahrscheinlich ein Leichdörnchen.

7 Was macht das Eichhörnchen? **Kreuze an.**

- ☐ **Das Eichhörnchen leckt sich die Zehen vor Liebeskummer.**
- ☐ **Das Eichhörnchen hat Schmerzen, weil es einen Dorn im Zeh hat.**
- ☐ **Das Eichhörnchen putzt sich die Zehen, damit sie wieder sauber sind.**

8 Markiere im Gedicht die zusammengehörenden Reimwörter in der gleichen Farbe am Versende.

9 a) **Schau** dir die Reime in den beiden Gedichten **an**.
b) **Sprich darüber**, was dir auffällt. Worin befindet sich der Unterschied?

10 **Ordne** mithilfe der **Infobox** die Reimformen den 3 Gedichten **zu**.

i Infobox

Reime

Reimwörter klingen ähnlich. Beispiele:
B**aum**-Tr**aum**, kr**achen**-l**achen**, Meeresw**ogen**-Regenb**ogen**
Es gibt verschiedene Reimformen.

Paarreim:
Die reimenden Verse folgen aufeinander.

Inselstrand a
weißer Sand a
Meereswogen b
Regenbogen b

Kreuzreim:
Hier wechseln sich die reimenden Verse ab.

Inselstrand a
Meereswogen b
weißer Sand a
Regenbogen b

umarmender Reim:
Hier „umarmen“ reimende Verse andere Verse.

Inselstrand a
Meereswogen b
Regenbogen b
weißer Sand a

Gedichte nach besonderen Regeln schreiben

Es gibt Gedichte mit auffälligen Formen.

1 a) **Lest** euch die Gedichte gegenseitig **vor**.
b) Was ist das Besondere an den Gedichtformen? **Sprecht darüber.**
c) Welche Form gefällt dir gut? Warum? **Sprecht darüber.**

Akrostichon

Flink
Unzähmbar
Clever
Hinterlistig
Scharfsinnig

Schneeball

Hase
im Schnee
hoppelt und springt
übers große weiße Feld
nahender Schritt
fluchtbereit
still

Haiku

Bashô (verändert)

Auf blattlosem Ast
sitzt allein eine Krähe;
herbstlicher Abend.

Elfchen

Marienkäfer
rot, gepunktet
er fliegt los
ich fühle mich leicht
Glücksbringer

2 **Bildet** Gruppen zu viert. **Teilt** die 4 Gedichte untereinander **auf**.
a) **Sprecht** über die Fragen:
- Wie ist dein Gedicht aufgebaut?
- Zu welcher Gedichtform passt es? Die **Infobox** auf Seite 52 hilft dir dabei.

b) **Stellt** euch die verschiedenen Gedichtformen **vor**.

3 a) **Fülle** die Mindmap, bevor du dein eigenes Tiergedicht schreibst.
Überlege: Wie ist dein Tier? Der **Wortschatz** hilft dir dabei.

Wie fühlt es sich an?

____

Wie bewegt es sich?

____

Mein Tier:

____

Wie ist es?

____

Wie sieht es aus?

____

Wortschatz

• **a**rtig • **a**rrogant • **a**nhänglich • **d**rollig • **d**ankbar • **e**legant • **e**ingebildet • **e**ifersüchtig • **f**reundlich • **f**link • **f**olgsam • **g**eschmeidig • **g**eheimnisvoll • **g**efährlich	• **h**ungrig • **h**erzlich • **h**ilfsbereit • **i**ntelligent • **i**nteressant • **k**ratzig • **k**uschelig • **k**lug • **n**eugierig • **n**iedlich • **p**rächtig • **p**flegeleicht	• **r**äuberisch • **r**uhig • **r**ücksichtslos • **t**apsig • **t**olpatschig • **t**räge • **u**ngestüm • **u**nerzogen • **z**auberhaft • **z**ickig • **z**ärtlich/zart

b) **Schreibe** ein Akrostichon mithilfe der Mindmap.

Probiere es einmal mit der **Katze** aus:

K rallen ____________________

A ____________________

T ____________________

Z ____________________

E ____________________

Nun dein eigenes Tier:

____

____

____

____

____

____

____

Gedichtformen

Infobox

Akrostichon
Die **Anfangs-Buchstaben eines Verses** bilden ein **neues Wort**.
Du liest es **von oben nach unten**.
Die Verse beschreiben das Wort inhaltlich.

Schneeballgedicht
Das Gedicht hat die **Form eines Schneeballs**. Der **erste Vers ist kurz**. Danach werden die Verse **länger**. Der Vers in der **Mitte ist der längste**. Dann werden die **Verse wieder kürzer**.

Haiku
Das japanische Haiku hat **3 Verse** mit einer **bestimmten Anzahl an Silben**.
1. Vers: 5 Silben   2. Vers: 7 Silben   3. Vers: 5 Silben

Elfchen
Ein Elfchen hat **5 Verse** mit einer **bestimmten Anzahl an Wörtern**.
1. Vers: 1 Wort   2. Vers: 2 Wörter   3. Vers: 3 Wörter
4. Vers: 4 Wörter   5. Vers: 1 Wort

Gedichte vortragen

WES-127931-056

1 **Lies** das Gedicht **leise**.

Schattenspiel

Josef Guggenmos

Am Abend geistern Schatten |
noch lustig an der Wand, |
da spielen wir Theater |
mit nichts als unsrer Hand. ||

Wer zeigt sich überm Bette, |
welch Untier groß und grau? ||
Das ist der Wolf, der böse, |
den kennt man ganz genau! ||

Sein Hunger ist gewaltig, |
sein Rachen fürchterlich: |
Du Ziegenbock da drüben, |
gib acht, gleich frisst er dich! ||

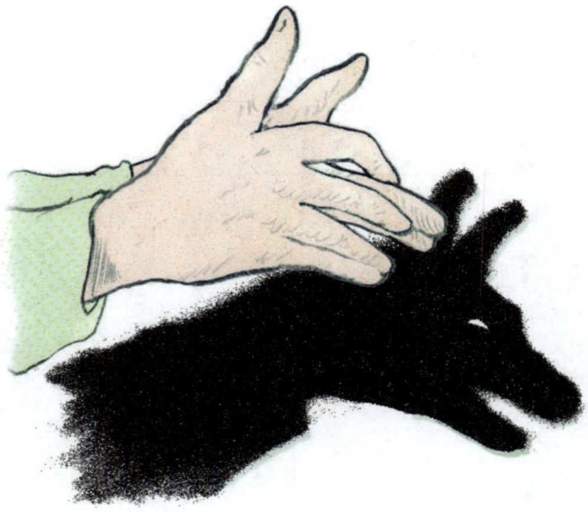

Der Gockelhahn, der stolze,
macht seine Sache gut.
Wer kommt ihm da entgegen?
Sieh an, ein Herr mit Hut!

Was tut die brave Ente
in unserm Schattenspiel?
Mit ihrem Schnabel schnappt sie
keck nach dem Krokodil!

Am Schluss gibt's was zu lachen:
Ein Has, der Männchen macht!
Er winkt mit seiner Pfote:
Für heute gute Nacht!

2 Wie gefällt euch das Gedicht? **Sprecht darüber.**

3 a) Wer oder was ist der Wolf im Gedicht in Wirklichkeit? **Kreuze an.**

☐ **Ein echtes hungriges Tier** ☐ **Ein Schattenspiel an der Wand**

b) Der Wolf ist furchteinflößend. Woran liegt das?
Markiere die Wörter im Text. Der **Wortschatz** hilft dir dabei.

Wortschatz

geistern = sich wie ein Geist bewegen
Untier = böses, wildes, gefährliches Tier
groß und grau
gewaltig = riesig
Rachen = Maul
fürchterlich = schrecklich, beängstigend
keck = frech
Has = kurz für Hase

4 Ein Gedicht trägst du mit einer besonderen Stimmung vor.

a) **Sprecht** über Ideen, wie ihr die Stimmung im Vortrag vermitteln könnt.
Welche Ideen findet ihr schon im Gedicht?

b) **Lest euch** die **Infobox** **durch**.

c) **Vergleicht** sie mit euren Ideen.

Gedichtvortrag

Infobox

Beim Gedichtvortrag vermittelst du auch die **Stimmung** (glücklich, traurig, wütend, spannend). Auch die **Betonung** (laut) und das Luftholen (**Pausen**) sind wichtig.

Pausen(| oder ||):
| = kurz Luftholen
|| = 2 Sekunden Luftholen

Betonung (___)
Sprich die wichtigen Wörter etwas **lauter**.

5 **Bereite** den Vortrag des Gedichts **vor**:

Schritt 1:
Schreibe die ersten 3 Strophen des Gedichts ab. Beim Abschreiben wirst du auf bestimmte Wörter aufmerksamer als beim Lesen mit den Augen.

Schritt 2:
Wie ist die Stimmung in den einzelnen Strophen?
Der **Wortschatz** S. 49 hilft dir dabei.
Schreibe auf die Zeilen.

Strophe 1: ______________________________

Strophe 2: ______________________________

Strophe 3: ______________________________

Schritt 3:
Setze Pausen und **betone** wichtige Wörter.

a) **Schau** dir im Gedicht die Pausenzeichen (| oder ||) **an**.
Übe das kurze Luftholen (1x, 2x) nach jedem Vers.

b) **Schau** dir die Betonungen (____) **an**.
Lies die unterstrichenen Wörter etwas lauter.

Schritt 4:
Übe nun die Strophen 1 bis 3 des Gedichts mit Stimmung, Pausen und Betonung.
Schaffst du eine Strophe auswendig vorzutragen?

6 **Gebt** euch gegenseitig Feedback zu euren Gedichtvorträgen. **Sprecht darüber.**
Der **Wortschatz** und die **Checkliste** auf Seite 60 helfen dir dabei.

Wortschatz

Besonders gut hat mir gefallen, dass ...
Ich fand deinen Vortrag gelungen, weil ...
Du könntest das nächste Mal verbessern, dass ...
Die Stimmung des Gedichts hast du sehr gut /gut/... umgesetzt.

Schulbuch S. 80

Ein Gedicht untersuchen

WES-127931-059

1 **Lies** das Gedicht. Der **Wortschatz** hilft dir dabei.

Winterschlaf

Martin Ebbertz (verändert)

Der Igel mag den Winter nicht |
Aus diesem Grund verzieht er sich |
in eine hintere Ecke vom Garten |
(Wo genau, | wird nicht verraten!) ||

Sobald es kalt wird, | ist er weg |
und bleibt in dem Geheimversteck |
allein für sich verkrochen |
mindestens zwölf Wochen ||

Doch manchmal hält er's nicht mehr aus |
Dann guckt er kurz heraus.

Wortschatz

verzieht = versteckt sich, geht woanders hin
nicht verraten = etwas bleibt geheim
Geheimversteck = ein Versteck, das keiner kennt
verkrochen = in oder unter etwas verstecken

2 Welche Wörter reimen sich? Markiere im Gedicht die zusammengehörenden Reimwörter in der gleichen Farbe am Versende.

3 In welcher Reimform ist das Gedicht verfasst? **Kreuze an.**

☐ **Paarreim** ☐ **Kreuzreim** ☐ **umarmender Reim**

4 Wie ist die Stimmung im Gedicht? **Kreise ein.**

ruhig aufgeregt gemütlich hektisch friedlich traurig fröhlich

5 Worum geht es in dem Gedicht? **Fülle** die Lücken mit passenden Wörtern.

In der ersten Strophe des Gedichts mag der *Igel* ______ den __________ nicht.

Er versteckt sich ganz hinten im ___________. In Strophe _____ bleibt er so

lange dort, wie es draußen _________ ist. Er ist alleine und mindestens _______

Wochen dort. In den letzten 2 Versen kommt der Igel aus seinem

_____________, weil er es nicht mehr __________.

Wortschatz			
kalt	Igel	aushält	2
Garten	Versteck	12	Winter

6 **Übe** den Gedichtvortrag. Schaffst du eine Strophe auswendig vorzutragen? Die **Checkliste** hilft dir dabei.

Checkliste

Gedichtvortrag

- Ich lese die Verse in der **passenden Stimmung**.
- Ich übe das kurze **Luftholen** (| = 1x, || = 2x) nach jedem Vers (**Pausenzeichen**).
- Ich lese die **unterstrichenen Wörter** etwas **lauter (Betonung)**.
- Ich übe nun das **ganze Gedicht**
  – mit **Stimmung, Pausen** und **Betonung**.

Textwerkstatt

Am liebsten lese ich Fantasyromane mit spannenden Abenteuern. Dabei sitze ich auf dem Sofa. Das finde ich cool. (Eltas)

Ich lese gerne abends im Bett. Dann grusele ich mich, als wäre ich selbst dabei. Manchmal lese ich so lange, bis ich das Buch durchgelesen habe. (Bente)

Ich mag Texte mit Bildern – Comics oder Mangas. In der Schule lesen wir nachmittags. Das ist toll, weil ich mit Freunden darüber sprechen kann. (Erem)

Morgens im Bus lese ich im E-Book. Das ist praktisch. Mein Smartphone oder Tablet habe ich immer dabei. Geschichten mit Tieren gefallen mir besonders, weil ich selbst einen Hund habe. (Sofia)

1 **Schau** dir das Bild **an**. Die Kinder sprechen miteinander und hören einander zu.

a) Was für Geschichten mögen sie gern? Unterstreiche die Antworten.

b) An welchen Orten lesen sie? **Nenne** sie.

c) Zu welchen Zeiten lesen sie? Markiere.

d) Womit lesen sie? **Kreise** die Gegenstände **ein**.

2 **Sprecht** über die Fragen:

- Kennt ihr spannende Geschichten?
- Was hat euch daran gefallen?
- Wo lest ihr am liebsten?
- Wann lest ihr am liebsten?

Leseeindrücke formulieren

WES-127931-062

1 **Lies** den Text **leise**.

Ein Abend bei Familie Theufel

Marc-Uwe Kling (übersetzt in einfache Sprache)

Die Geschichte spielt beim Abendessen bei Familie Theufel.

Tina sagt: „Ich finde, dieses Gemüse soll nicht Rote Bete heißen. Lila Bete passt besser.“ Tina schaut auf das Gemüse auf ihrer Gabel. Das Gemüse sieht nicht lecker aus. „Eklige Bete passt auch als Name“, sagt ihr **Bruder Theo**. **Mama** und **Papa** sagen nichts. Sie gucken nur. So wie Eltern manchmal eben gucken. [...]
Tina fragt: „Dürfen wir vor dem Schlafengehen noch spielen?“
Theo sagt: „Ja, dürfen wir? Bitte, bitte, bitte.“
Papa sagt: „Esst erst mal eure Teller auf.“
Theo sagt: „Aber Papa“, wie soll ich denn meinen Teller aufessen? Der ist doch viel zu hart.“
Papa atmet tief ein. **Papa** sagt streng: „Essen!“
Tina nimmt ihren ganzen Mut zusammen. **Tina** isst die Eklige Lila Bete.
Theo isst auch. [...]
Theo fragt: „Also dürfen wir noch spielen?“
Mama fragt: „Habt ihr denn schon Hausaufgaben gemacht?“
Tina sagt: „Ja klar.“ **Tina** hat beim Sprechen den Mund voll.
Theo sagt: „Gestern haben wir Hausaufgaben gemacht.“
Tina sagt: „Und letzte Woche auch.“
Theo sagt: „Wir haben schon richtig oft Hausaufgaben gemacht.“
Mama ist genervt.
Papa sagt: „Ihr seid solche Klugscheißer.“
(*Ein „Klugscheißer“ weiß immer alles besser.*)
Mama meint zu **Papa**: „Das haben sie von dir gelernt.“
Papa sagt: „Das stimmt nicht. Ich bin kein Klugscheißer.“
Mama sagt: „Quatsch! Du klugscheißt doch immer.“
Papa sagt: „Nicht immer.“
Theo und **Tina** sagen: „Aber oft.“
Mama und **Papa** atmen tief ein.
Tina fragt: „Dürfen wir denn jetzt noch spielen? Wir haben alles aufgegessen. Alles, was auf dem Teller war.“

Theo sagt: „Aber die Gabel und das Messer haben wir nicht gegessen."
Tina sagt: „Und wir haben heute keine Hausaufgaben."
Papa sagt: „Na los, geht schon spielen. Aber nur bis halb 8."

2 Wie hat dir die Geschichte gefallen? **Sprich darüber**.
a) **Sprich** über deine Leseeindrücke. Der **Wortschatz** hilft dir dabei.
b) **Überprüfe** mit der **Infobox**, ob du noch mehr erzählen kannst.

3 Warum sagt Papa zu Tina und Theo „Ihr seid solche Klugscheißer."?
Kreuze die richtige Aussage **an**.

- [ ] **Tina und Theo sind schlauer als er.**
- [ ] **Tina und Theo tun so, als würden sie alles wörtlich verstehen.**

4 Welche 2 Dinge sollen die Geschwister vor dem Spielen erledigen?
Fülle die Lücken mit den richtigen Wörtern.

Tina und Theo sollen ______________________________ und

____

Wortschatz

- Mir gefällt die Geschichte, weil ...
- Ich finde die Geschichte lustig, weil ...
- Diese Stelle habe ich nicht gut verstanden.
- Die Geschwister Tina und Theo finde ich ...

Leseeindruck

i Infobox

Dein Leseeindruck ist wie eine **Spur**, die ein Text bei dir hinterlässt. Ein Text kann in jedem von uns unterschiedliche **Gedanken** und **Gefühle** auslösen.

- Wie **gefällt** dir der Text?
- Wie wirken die **Figuren** auf dich?
- Welche **Stimmung** nimmst du wahr (fröhlich oder traurig, ...)?
- Wie könnte die Geschichte **weitergehen**?
- Hast du noch **Fragen**?

Handlungen literarischer Figuren nachvollziehen

WES-127931-064

Kennst du Till Eulenspielgel? Im Mittelalter stellte er in vielen Orten Unfug an.

1 Um was für einen Streich könnte es in der Geschichte gehen?
Lies erst die Überschrift. **Lies** danach den Text.

Wie Till Eulenspiegel einem Esel das Lesen beibrachte

Erich Kästner (übersetzt in einfache Sprache)

Till Eulenspiegel geht an die Universität
Till Eulenspiegel ist zur Universität in Erfurt gekommen. Eine Universität ist eine Schule für Erwachsene. **Till hat die schlauen Leute an der Universität geärgert.** Er hat gesagt: „Ich weiß alles und ich kann alles.“ Und wirklich: Er hat für jede Frage eine Antwort gewusst. Das hat die Leute von der Universität genervt. Sie haben eine Idee gehabt. **Sie haben einen Esel gekauft.** Den Esel haben sie in einen Gasthof gebracht. Dort hat Till gewohnt.

Der Esel soll lesen lernen
Die Leute von der Universität haben Till gefragt: **„Kann der Esel bei dir lesen lernen?“ Till hat gesagt: „Na klar.** Aber so ein Esel ist dumm. Das kann lange dauern.“
Der **Direktor** von der Universität hat gefragt: „Wie lange denn?“
Till hat gesagt: „20 Jahre.“ Aber eigentlich hat Till gewusst, dass kein Esel lesen kann. Heimlich hat Till aber gedacht: „20 Jahre sind eine lange Zeit. Bis dahin stirbt der Direktor vielleicht. Oder ich sterbe. Oder der Esel stirbt. Dann geht die Sache gut aus.“

Die Eselschule beginnt
Till hat 500 Groschen für die Eselschule verlangt. Das war damals viel Geld. **Till hat das Geld bekommen.** Dann hat Till den Esel in den Stall gebracht. Vor den Esel hat Till ein großes Buch hingelegt. Im Buch hat Till Hafer versteckt. Denn **der Esel hat sehr gerne Hafer gefressen**. Der Esel hat die Buchseiten umgeblättert. Damit er den Hafer fressen kann. Bald war der Hafer aufgegessen. Der Esel hat laut gerufen: „I-a, i-a!“ Das mit dem Hafer hat Till ganz oft mit dem Esel geübt.

Nach einer Woche hat Till den Direktor gefragt: „Wollen Sie mich und den Esel besuchen?" Der Direktor hat gefragt: **„Hat der Esel denn schon etwas gelernt?" Till hat gesagt: „Ja**, ein paar Buchstaben kann er schon lesen. Und das ist ja für einen Esel ganz toll."

Der Esel kann lesen

Am Nachmittag sind der Direktor und die Leute von der Universität zu Till in den Stall gekommen. **Der Esel war hungrig.** Dann hat Till das Buch vor den Esel hingelegt. Der Esel hat hungrig die Buchseiten umgeblättert. Aber diesmal war kein Hafer drin. Das hat den Esel sehr geärgert. **Der Esel hat die ganze Zeit laut gerufen: „I-a, i-a, i-a!"** Da hat Till gesagt: „Hören Sie? **Das I und das A kann er schon lesen.** Morgen fangen wir mit dem O und dem U an." Da waren die Leute von der Universität sehr wütend. Denn Till hatte sie ausgetrickst. Zum Schluss hat Till den Esel aus dem Stall freigelassen. Dann ist Till aus der Stadt Erfurt weggegangen.

3 **Denk** noch einmal über Till Eulenspiegels Streich **nach**.

a) **Sprich** über die folgenden Fragen:
- Welche Aufgabe erhält Till?
- Mit welchem Trick bringt Till dem Esel „das Lesen" bei?

b) **Lies** noch einmal den Textabschnitt **Die Eselschule beginnt.**

c) **Fülle die Lücken** mit den richtigen Wörtern aus dem Text.

Till legt *ein großes Buch* ____________ vor den Esel. Darin versteckt

er ____________. Der Esel hat sehr gerne ____________.

Der Esel hat die Buchseiten ____________, damit er ____________

____________. Bald war der Hafer ____________.

Der ____________ hat gerufen. Er wollte mehr ____________ fressen.

4 **Fasse** die Geschichte **zusammen**.

a) **Lies** die **Infobox** auf Seite 66.

b) **Lest** euch gegenseitig die Information oder Frage aus der Tabelle **vor**.

c) **Füllt** die Lücken in der Tabelle. Der **Wortschatz** auf Seite 66 hilft euch dabei.

W-Fragen	Informationen
________________	*Till Eulenspiegel, der Direktor der Universität, schlaue Leute von der Universität*
Wo?	________________
	Die Geschichte spielt im Mittelalter.
Was?	________________ ________________
________________	*Die schlauen Leute waren genervt von Till und wollten ihn loswerden. Deshalb haben sie ihm eine schwierige Aufgabe gestellt.*

Wortschatz

- Wann?
- Till Eulenspiegel spielt den Leuten an der Universität einen Streich. Er tut so, als ob er einem Esel das lesen beibringt.
- Warum?
- In der Stadt Erfurt
- Wer?

Infobox

Einen literarischen Text zusamenfassen

Wenn du einen Text zusamenfassen willst, helfen dir **W-Fragen**:
- **Wer** spielt eine wichtige Rolle?
- **Wie** verhalten sich die Figuren?
- **Wo** findet die Handlung statt?
- **Wann** findet die Handlung statt?
- **Was** passiert?
- In welcher **Reihenfolge** passiert was?
- **Warum** ist das Ganze passiert?

Manchmal kann man nicht alle Fragen beantworten. Einige Texte lassen Informationen aus, damit die Geschichte spannender wird.

Handlungen literarischer Figuren nachvollziehen

1 **Lies** den Text.

Wie Ole seinen Hund bekam

Astrid Lindgren (übersetzt in einfache Sprache)

Ole hat einen Hund. Der Hund heißt **Swipp**. Früher hat Swipp dem Schuhmacher gehört. Der Schuhmacher heißt **Nett**, aber er ist überhaupt nicht nett. Der Schuhmacher repariert unsere Schuhe. Aber er macht sie nie pünktlich fertig.

Der Schuhmacher war nie nett zu Swipp. Swipp war der schlimmste Hund in unserer Gegend. Swipp war immer an seiner Hundehütte angebunden. Und wenn man zum Schuhmacher wollte, ist Swipp aus seiner Hütte gerannt und hat gebellt. Zum Glück kam Swipp nicht weit, weil er angebunden war. Wir hatten trotzdem alle Angst vor ihm. Wir hatten auch Angst vor dem Schuhmacher. Der Schuhmacher mag nämlich keine Kinder. Er sagte immer, dass Kinder jeden Tag Prügel bekommen müssen. Der Schuhmacher hat auch Swipp oft geschlagen. Manchmal hat er sogar vergessen, Swipp zu füttern.

Früher dachte ich, dass Swipp **hässlich und böse** ist. Jetzt finde ich, dass Swipp ein **hübscher und netter** Hund ist. Ole hat ihn so nett gemacht. Ole ist auch immer sehr nett.

Ole und Swipp werden Freunde

Einmal wollte Ole mit seinen Schuhen zum Schuhmacher. Da ist Swipp wieder aus seiner Hütte gerannt und hat laut gebellt. Aber zum Glück war der Hund ja angebunden. Ole ist stehengeblieben. Aber er ist so weit weg geblieben, dass Swipp nicht an ihn herankommen konnte. Dann hat er mit Swipp geredet. Er hat ihm **gesagt, dass er ein braver Hund** ist und dass er nicht bellen soll. Swipp hat aber trotzdem gebellt und war gar **nicht brav**.

An einem anderen Tag ist Ole noch einmal gekommen. Er wollte seine Schuhe abholen. Diesmal hat er für Swipp einen **Knochen** mitgebracht. Zuerst hat Swipp geknurrt und gebellt. Aber er war sehr hungrig. Deshalb hat er den Knochen gleich gefressen. Ole hat ihm dabei immer wieder gesagt, dass er ein braver Hund ist.

Ole musste noch öfter kommen, weil seine Schuhe jedes Mal noch nicht fertig waren. Und immer hat er für Swipp etwas zum **Fressen** mitgebracht.

Irgendwann hat Swipp dann nicht mehr geknurrt. Und er hat nur noch gebellt, weil er sich **gefreut** hat. Da ist Ole dann zu Swipp gegangen und hat ihn gestreichelt. Swipp hat Ole die Hand **geleckt**.

Der Schuhmacher hat einen Unfall

Ein paar Tage später ist der Schuhmacher Nett hingefallen und hat sich **am Fuß verletzt**. Deshalb konnte er sich nicht mehr um Swipp kümmern. Er hat ihn auch nicht mehr gefüttert. Das hat Ole leidgetan. Er fragte, ob er sich um Swipp kümmern darf. Aber Nett meinte, dass Ole das nicht kann. Er dachte, der Hund würde Ole beißen.

Ole ist trotzdem zu Swipp gegangen und hat ihn gestreichelt. Der Schuhmacher hat dabei aus dem Fenster geschaut und alles gesehen. Danach hat er **erlaubt**, dass Ole sich um Swipp kümmert. Ole sollte das aber nur so lange machen, bis er selbst wieder gut laufen konnte. Ole hat dann die Hundehütte **sauber gemacht**. Er hat Swipp auch **frisches Wasser und Futter** gegeben. Danach hat er mit ihm einen **langen Spaziergang** gemacht. Swipp hat sich sehr gefreut, weil er schon so lange an der Hütte angebunden war. Er ist vor Freude hochgesprungen und hat gebellt. Ole ist dann jeden Tag mit Swipp spazieren gegangen.

Ein glückliches Ende für Ole und Swipp

Irgendwann war der Schuhmacher dann **wieder gesund**. Und Swipp sollte jetzt wieder in der Hundehütte bleiben. Ole durfte nicht mehr mit ihm spazieren gehen. Swipp war deshalb sehr **traurig** und heulte.

Auch Ole war sehr **traurig**. Der **Papa** von Ole wollte aber, dass es Ole wieder gut geht. Deshalb ist der Papa zum Schuhmacher gegangen und hat ihm Swipp abgekauft. So hat Ole seinen Hund bekommen.

2 **Sprecht** über den Text und die Fragen:

- Wie hat euch die Geschichte von Ole und seinem Hund gefallen?
- Was hat euch besonders gefreut?
- Gibt es auch etwas, über das ihr euch geärgert habt?

3 **Untersuche** das Verhalten des Schuhmachers.

a) Wie verhält sich der Schuhmacher Swipp und den anderen gegenüber?
Kreuze die richtige Aussage **an**.

- ☐ **Der Schuhmacher ist immer freundlich zu jedem.**
- ☐ **Die Kinder haben Angst vor dem Schuhmacher.**
- ☐ **Er kümmert sich liebevoll um seinen Hund.**
- ☐ **Der Schuhmacher schlägt Swipp oft.**

b) Der Schuhmacher in der Geschichte hat den Namen „Nett“.
Findest du, der Name passt zu ihm? **Begründe** deine Antwort. **Schreibe** sie **auf**.

Ich finde, der Name „Nett“, ______________________________

weil ______________________________

____

4 Wie kümmert sich Ole um Swipp, als Nett sich den Fuß verletzt hat?

a) Markiere die Stellen im Text.
Du findest sie im Abschnitt **Der Schuhmacher hat einen Unfall.**

b) **Schreibe** 5 Beispiele dafür auf, wie Ole mit dem Hund umgeht.

1. *Ole streichelt den Hund.*
2. ______________________________
3. ______________________________
4. ______________________________
5. ______________________________

Sich in literarische Figuren hineinversetzen

WES-127931-070

1 **Lies** den Text von Abschnitt zu Abschnitt.
a) **Stoppe** nach jedem Textabschnitt.
b) **Beantworte** die Frage.
c) **Lies** weiter.

Der Bücherfresser

Cornelia Funke (übersetzt in einfache Sprache)

Eine Holzkiste für Sten

Der **Opa** von **Sten** ist gestorben. Deshalb bekommt seine Familie jetzt seine Bücher. **Papa will die vielen Bücher wegwerfen.** Aber Sten will die Bücher behalten. Sten bekommt von Opa auch eine kleine Holzkiste. Auf der Kiste steht: „Nur für Sten. Unbedingt heimlich aufmachen."

2 Was könnte in der Holzkiste versteckt sein? **Sprich darüber**.

Sten baut eine Bücherhöhle

Papa trägt die Bücher auf den Dachboden. **Mit den Büchern baut sich Sten eine Höhle. Eine Bücherhöhle.** Die Bücher sind die Wände. Eine Decke ist das Dach. Als Licht hat er eine Taschenlampe.

Ein Brief von Opa

Sten kriecht mit der Holzkiste in die Höhle hinein. **Auf der Holzkiste klebt ein Brief.** In dem Brief steht:

„Hallo Sten!
Ich weiß, du magst keine Bücher. Hoffentlich hast du meine Bücher trotzdem aufgehoben. In der Kiste ist nämlich etwas drin.
Dafür sind die Bücher wichtig.
Dein Opa."

Sten denkt an seinen Opa. Sten ist **traurig** und weint. Dann schaut er in die Holzkiste hinein.

Das Tier in der Holzkiste

In der Holzkiste ist ein Tier. **Es sieht aus wie ein Meerschwein mit einem Pelz. Ein Pelzschwein.** Sten fasst das Tier an. Da schreit das Tier plötzlich laut. Sten erschreckt sich. Das Pelzschwein grunzt aufgeregt. Sten sagt leise: „Reg dich nicht auf. Ich tu dir nichts!“

Das Pelzschwein frisst ein Buch

Das Pelzschwein sagt: **„Gib mir ein Buch!“** Sten gibt dem Pelzschwein ein Buch. Das Buch heißt: „Piraten in Tortuga“. Das Pelzschwein riecht am Buch und sagt: „Hm, ja, das riecht abenteuerlich, trauer-lustig, süß und sauer, ja!“ **Dann beißt das Pelzschwein in das Buch wie in ein Butterbrot.**

Mama ruft: „Sten, komm essen!“ Sten isst sehr schnell. Dann kriecht Sten zurück in die Bücherhöhle. Von dem Buch „Piraten in Tortuga“ ist nur noch ein bisschen Papier übrig. Das Pelzschwein sagt: „Das war eine tolle Geschichte!“ Dann fragt das Pelzschwein Sten: „Bist du auch ein Bücherfresser? **Dein Opa war ein Bücherfresser!** Er hat jeden Tag 3 Bücher geschafft. Nach dem Lesen waren noch alle Buchstaben drin.“ Das Pelzschwein erzählt weiter: „Ich kann das nicht. Aber ich **merke** mir jedes Wort, das ich aufesse! **Ich bin ein Bücherfresser.** Später hat dein Opa schlechte Augen bekommen. Dann hat er mich mit Büchern gefüttert. Ich habe ihm die Bücher dann erzählt.“

3 Was frisst das Pelzschwein gerne? **Kreuze** die richtige Aussage **an**.

- ☐ **Butterbrote, Eier und Käse**
- ☐ **Tierfutter und Heu**
- ☐ **Bücher und Geschichten**

4 Das Pelzschwein sagt, Stens Opa war ein **Bücherfresser**. Lies im Abschnitt **Das Pelzschwein frisst ein Buch** nach. **Beantworte** die Fragen:

- Wie könnte das gemeint sein?
- Hat sein Opa wirklich Bücher gegessen?

Das Pelzschwein meint, ______________________________

____

____

Die Bücher sollen weg

Plötzlich kommt Papa mit einem anderen **Mann** auf den Dachboden. Der Bücherfresser versteckt sich schnell. **Der Mann will die Bücher kaufen.** Sten sagt: **„Die Bücher verkaufen wir nicht, die lese ich."** Der Mann ist sauer. Papa auch. Aber sie gehen wieder. Und Sten darf die Bücher behalten.

In der Nacht am Dachboden

Spät am Abend schlafen alle. Nur Sten ist noch wach. Er geht leise mit der Taschenlampe auf den Dachboden. **Der Bücherfresser ist auch da. Der Bücherfresser hat schon 5 Bücher gefuttert!** Der Bücherfresser sagt: „Die Bücher sehen so lecker aus. In jedem Buch steht eine schöne Geschichte." Sten legt sich in die Höhle. **Der Bücherfresser setzt sich bei Sten auf den Bauch und erzählt ihm ein Buch.** Die ganze Nacht lang. Und in anderen Nächten.

5. Was passiert wann in der Geschichte? **Nummeriere** die Bilder in der richtigen Reihenfolge mit den Zahlen 1-3. **Schreibe** in die Kästchen.

☐ Der Bücherfresser erzählt Sten ein Buch

☐ Papa trägt die Bücher auf den Dachboden

☐ Sten möchte die Bücher nicht verkaufen

6. Welche Aufgabe hat der Bücherfresser?

a) **Lies** den Text erneut.
b) **Kreuze** die richtige Aussage **an**.
c) **Erzähle** die falschen Aussagen richtig.

☐ **Der Bücherfresser frisst Bücher und merkt sich jedes Wort.**
☐ **Oma bekommt gute Augen und kann super lesen.**
☐ **Der Bücherfresser erzählt ihm dann die Bücher.**
☐ **Auch Sten liest er Hörbücher vor.**

7 Sten möchte von seinem Erlebnis in einem Brief erzählen.
a) **Ordne** die Überschriften A bis D den richtigen Briefteilen zu.
b) **Schreibe** die Buchstaben in die Kästchen am Briefrand.
c) **Fülle** die Lücken. Der **Wortschatz** hilft dir dabei.

A **Unterschrift**
B **Anrede**
C **Grußformel**
D **Inhalt**

☐ *Lieber(r)* ____________________,

☐ *ich muss dir unbedingt etwas erzählen.* ____________________

____

____

____

____

☐ *Viele Grüße* ____________________

☐ ____________________

Wortschatz	
• Du glaubst gar nicht, was …	• Zuerst hatte ich etwas Angst …
• Gestern …	• Aber dann …
• Ich war total überrascht, als …	• Es ist so toll …

Einen persönlichen Brief schreiben

Infobox

In einen **persönlichen Brief** schreibst du Informationen, Gedanken und Gefühle. Er besteht oft aus diesen Teilen:

- **Anrede:** Beginne den Brief mit „Liebe(r)“, „Hallo“ oder „Guten Tag“ und dem Namen der Person. Setzte danach ein Komma.
- **Inhalt:** Nenne am Anfang den Grund für deinen Brief. Schreibe dann, was du mitteilen möchtest.
- **Grußformel:** Wähle einen passenden Gruß zum Abschied „Liebe Grüße“, „Viele Grüße“, „Tschüß“.
- **Unterschrift:** Unterschreibe mit deinem Namen.

Literarische Figuren untersuchen

1 **Lies** den Text.

Normal

Raquel J. Palacio (übersetzt in einfache Sprache)

Diese Geschichte ist über einen Jungen. Der Junge heißt August und er lebt in New York. Das ist eine Stadt in Amerika.
Zu seiner Familie gehören seine Eltern und seine große Schwester Olivia.
Zu Olivia sagen alle nur Via. August ist krank. Und er sieht anders aus.

Ich heiße **August**. Ich bin 10 Jahre alt. Ich bin nicht wie andere Kinder. **Ich bin nicht normal.** Klar, ich mache normale Sachen. Ich esse Eis. Ich fahre Fahrrad. Ich spiele Ball. Ich spiele an der Konsole. Das ist alles normal. Und ich fühle mich normal, also innen drin.
Aber außen ist mein Gesicht nicht normal. **Ich sehe schrecklich aus.** Die anderen Kinder haben Angst vor mir. Sie schreien und laufen vom Spielplatz weg.
Egal, wo ich bin: **Alle Menschen sehen mich an.** Ich wünsche mir ein ganz normales Gesicht. Ich möchte auf der Straße gehen und niemand bleibt stehen und guckt.

Ich finde mich normal
Für mich ist es normal, dass ich so aussehe. Die anderen Menschen finden mich nicht normal. Sie gucken immer mein Gesicht an. Aber ich kann mich gut verstellen. **Ich schaue einfach nicht hin, wenn die Leute gucken.** Meine ganze Familie kann sich gut verstellen: ich und **Mama** und **Papa** und meine Schwester **Via**.
Via möchte mich beschützen. Einmal waren wir auf dem Spielplatz. Da haben sich ein paar ältere Kinder über mich lustig gemacht. Via hat das gehört und die Kinder angebrüllt.

Andere finden mich nicht normal
Via findet mich nicht normal. Mama und Papa finden mich auch nicht normal. Aber ich weiß, dass ich wirklich normal bin. **Ich sage dir nicht, wie ich aussehe.** Vielleicht stellst du dir mein Gesicht gerade vor. Aber egal, was du dir vorstellst – mein Gesicht sieht sogar noch schlimmer aus.

2 **Sprich** mit einem Partner über den Text. **Beantwortet** die Fragen:
- Wie gefällt euch der Text?
- Was denkt ihr nach dem Lesen?

3 Was erfährst du über August? **Kreuze** die richtigen Aussagen **an**.

- [X] **August ist 10 Jahre alt.**
- [ ] **Er hat einen Bruder.**
- [ ] **Kinder schreien und laufen weg, wenn sie August sehen.**
- [ ] **August spielt gerne an der Konsole.**
- [ ] **August fühlt sich innen drin normal.**
- [ ] **August sagt: „Mein Gesicht ist nicht normal. Ich sehe schrecklich aus."**

4 Wie findest du August? **Sprich** mit einem Partner darüber.

5 Wie reagieren andere Menschen auf August? **Lies** den Text.
a) Markiere alle Textstellen, die zeigen, wie August von anderen behandelt wird.
b) **Schreibe** 3 Dinge davon **auf**.

1. *Andere Kinder schreien und laufen vom Spielplatz weg.*
2. ______________________
3. ______________________

6 Andere Kinder haben Angst vor August und ärgern ihn.
a) Welche Gedanken und Gefühle könnte August haben?
b) **Schreibe** Sätze mit den Ideen aus dem **Wortschatz**.

Ich bin August. ______________________

____

____

Wortschatz

- Ich bin traurig, weil …
- Er ist gemein …
- Ich verstehe nicht …
- Ich finde es fies, dass …
- Es ärgert mich …
- Ich bin froh, dass …
- Ich würde mir wünschen …
- Manchmal denke ich …

Jugendbücher

Flo *Jan* *Huhn* *Buch*

schwimmen *Sommerferien*

Umzug *Mathe*

Fotos *Missverständnisse*

1 **Schau** dir das Titelbild **an**.

2 **Sprich** über die Fragen. Der **Wortschatz** hilft dir dabei.

- Wer ist hier dargestellt?
- Wer könnte die Hauptfigur sein?
- Wo könnte die Geschichte spielen?

3 **Schau** dir jetzt die Wörter auf den Kärtchen **an**.
Sprich mit einem Partner über die Fragen:

- Welche Verbindung erkennst du mit dem Titelbild?
- Welche Geschichte kannst du mit den Wörtern erzählen?

Wortschatz

Adjektive:	Verben:	Nomen:
• dunkelblau	• schwimmen	• Buch
• braun	• lachen	• Wasser
• blau	• tauchen	• Gesicht
• weiß	• lächeln	• Huhn
• orange	• lesen	• Brille
• unruhig	• aussehen	• Blasen

Mit dem Erzählanfang einen Überblick gewinnen

WES-127931-077

Flo und Jan sind die beiden Hauptfiguren aus dem Jugendbuch „Die beste Bahn meines Lebens“. Auf den folgenden Seiten lernst du Flo und Jan kennen.

1 **Lies** den Text.

Aufwärmen

(übersetzt in einfache Sprache)

Das Wasser ist eiskalt. Im Mondlicht kann ich meine Füße im Wasser sehen. Und kleine Fische.
Langsam gehe ich weiter ins Wasser hinein, bis meine Hose nass wird. **Ich hole tief Luft und schwimme los.** Meine Arme und meine Beine werden ganz kalt. Ich schwimme langsam in Richtung Badeinsel. Ich habe keine Badekappe und keine Schwimmbrille. Die Hose klebt schwer an meinen Beinen. Niemand guckt auf die Stopp-Uhr.
Und trotzdem weiß ich: **So gut wie heute bin ich noch nie geschwommen.**

2 Was hast du verstanden? **Kreuze** die richtigen Aussagen **an**.

- ☐ **Es ist nachts an einem Wasser.**
- ☐ **Jemand geht im kalten Wasser schwimmen.**
- ☐ **Der Schwimmer hat ein Ziel im Wasser.**
- ☐ **Der Schwimmer trägt keine Badehose.**

3 **Schau** dir Flos Tagebucheintrag **an**.
Fülle die Sätze mit den richtigen Wörtern.

Flo möchte in den Urlaub …

____

Aber stattdessen wird sie …

____

____

____

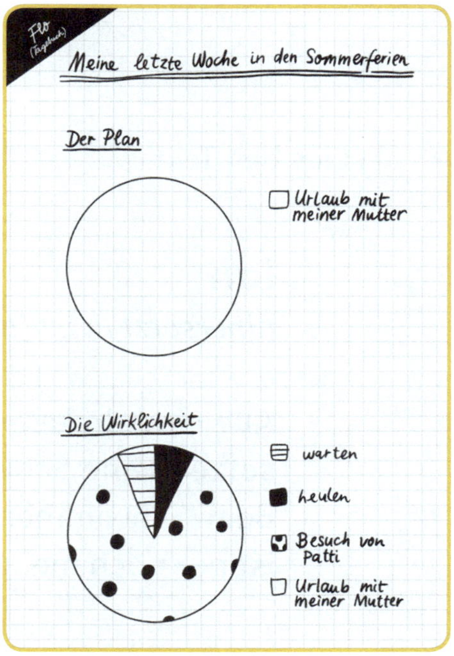

4 **Lies** den Text.

Jan

(übersetzt in einfache Sprache)

Wir ziehen in eine neue Wohnung. Mein ganzes Zimmer steht voll mit Kartons für den Umzug. Seit 2 Tagen habe ich kein Bett mehr. **Ich schlafe auf einer Matratze.** Von da aus kann ich das Poster an der Decke sehen. Auf dem Poster ist ein Foto von Ryan Murphy, wie er auf dem Rücken schwimmt. Er ist in Amerika ein berühmter Schwimmer. Das Poster ist an einer Seite eingerissen.
Meine Mutter kommt rein und stellt die Leiter auf. Sie sagt: „Das Poster nimmst du mit, oder?" **Meine Mutter steigt auf die Leiter und macht vorsichtig das Poster von der Wand ab.** Das Poster rollt sich zusammen. So kann ich nur noch die Beine von Murphy sehen.
Meine Mutter ist noch nicht fertig mit dem Poster, da haue ich ab ins Schwimmbad.

5 Welche Situation erkennst du im Text? Markiere die passenden Wörter.

Auszug aufbauen Kartons packen Einzug aufräumen
einräumen Umzug abbauen abhauen

6 Was passiert, nachdem Jan abgehauen ist? **Schreibe** den Satz zu Ende.

Als Jan im Schwimmbad ankommt, könnte er ______________________________

____

7 **Lies** den Text.

Jan

(übersetzt in einfache Sprache)

Alle sind draußen im Freibad. **Ich bin allein in der Schwimmhalle.** Ich setze meine Schwimmbrille auf und schwimme los.
Beim Schwimmen denke ich an gar nichts. **Ich tauche ins Wasser ein.** Da ist nur noch mein Atem. Und ich sehe die Fliesen am Boden vom Becken.

Ich habe fast die ganzen Sommerferien nicht trainiert. Ich schwimme trotzdem meine Strecke wie immer. Nach der halben Strecke tut es nur noch weh. Ich schwimme trotzdem weiter. Beim Rausklettern fühle ich mich schwer wie ein Stein. **Dann gehe ich nach draußen.** Es ist richtig viel los auf der Liegewiese vom Freibad.

Neben dem Sprungbecken liegen immer unsere Decken. Da liegen auch heute viele Decken und Taschen. **Alle sind gerade im Wasser. Außer Joschi. Und Lena.** Joschi, der eigentlich immer mein Freund war. Aber er redet nicht mehr mit mir, weil ich jetzt umziehe. **Er hat Lena im Arm.** Ganz locker nur. Aber es nervt mich trotzdem.

Ich gehe zum Sprungturm und klettere die Leiter hoch. Von hier oben kann ich alles gut sehen. Ein paar von uns liegen jetzt wieder auf ihren Decken. Joschi hat seinen Arm wieder von Lena weggenommen. **Dann springe ich mit einem perfekten Sprung ins Wasser.** Ich hoffe, Lena guckt mir zu.

Am Abend liege ich auf meiner Matratze. Es ist die letzte Nacht in meinem alten Zimmer. **Das macht mich sehr traurig.**

8 **Sprich** mit einem Partner. **Beantwortet** die folgenden Fragen.
Der **Wortschatz** hilft euch dabei.

- **Figuren:** Welche Figuren nennt Jan im Text?
- **Ort:** Über welchen Ort erzählt Jan?
- **Zeit:** In welcher Zeit erzählt Jan?
- **Ereignis:** Was tut Jan?
- **Kern:** Warum tut er das?

Wortschatz

Jan nennt … | Er befindet sich … | Jan erzählt in …
Er geht … | Jan hofft, dass …

Einfacher lesen

Infobox

Hier sind Tipps, um beim Lesen den **Text einfacher zu verstehen.**
Zu den Spannungsmachern gehören:

1. **Ruhig lesen:** Lies jeden Text ruhig und in deinem eigenen Tempo.
2. Gemeinsam lesen: **Such dir Partner und lest euch gegenseitig vor.**

9 **Schau** dir Flos Tagebucheintrag auf Seite 81 **an**. **Kreuze** die richtigen Aussagen **an**.

- ☐ **Die Hühner kacken überall hin.**
- ☐ **Die Hühner fressen ihr Futter.**
- ☐ **Die Hühner legen täglich Eier.**
- ☐ **Die Hühner brechen aus.**

10 **Lies** den Text.

Jan

(übersetzt in einfache Sprache)

Ich hasse mein neues Zimmer. An der Decke stehen noch Stromkabel raus für die Lampe. Und es riecht nach Farbe und nach Schweiß. Eine Wand ist blau. Das habe ich mit meinem Vater so gestrichen. Ich dachte erst, das sieht gut aus. Aber jetzt finde ich die blaue Wand nur noch doof.

11 Wie reagiert Jan auf sein neues Zimmer? **Kreuze** die richtige Aussage **an**.

- ☐ **Jan ist total zufrieden. Er fühlt sich sehr wohl. Vor allem mag er die Wandfarbe.**
- ☐ **Jan ist total unzufrieden. Er fühlt sich unwohl. Die Wandfarbe mag er gar nicht.**

12 Wie begründest du deine Entscheidung?
Schreibe deine Entscheidung in eigenen Worten **auf**.

Weil Jan sagt, dass ______________________________

Nun kennst du Jan und Flo ein wenig. Was weißt du alles?

13 **Schreibe** einfache Sätze über Jan und über Flo. Der **Wortschatz** hilft dir dabei.

____

____

Wortschatz		
Jan ist ... Flo ist ... Junge, Hauptfigur	Er schwimmt ... Sie hat ... Mädchen, Hauptfigur	Sein neues Zuhause ... Ihre Ferien ... Hühner, Mutter

Die Erzählweise(n) eines Jugendbuches verstehen

1 **Schau** dir die Grafik von Seite 77 und diese hier **an**.

2 **Sprich** über deine Eindrücke.

3 **Wähle** eine der beiden Grafiken **aus**.
Erzähle schriftlich dazu auf einem Extrablatt.
Die **Infobox** und der **Wortschatz** helfen dir dabei.

4 **Schau** dir die Grafik „Gespräch mit Patti über Jan“ **an**.
Beantworte die Fragen:
- Worüber reden die beiden?
- Weshalb gibt es unterschiedliche Sprechblasen?
- Warum sagt Patti am Ende „Du brauchst neue Klamotten?“

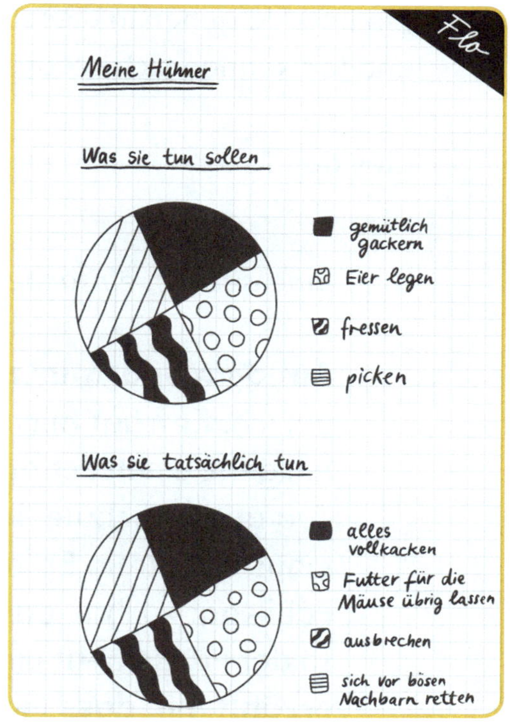

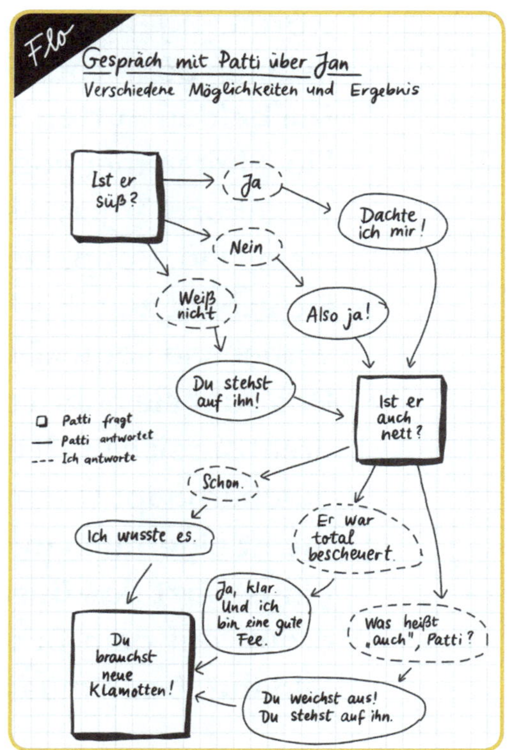

Wortschatz

- In meinen Sommerferien plante ich mit meiner Mutter ...
- Aber in echt läuft meine letzte Ferienwoche so ...
- Ständig warte ich ...
- ... besucht mich ...
- Meine Hühner sollten eigentlich täglich ...
- Aber in echt machen sie nur ...
- ... ständig ausbrechen ...
- ... kacken überall ...

Erzählend schreiben

Infobox

1. Schreibe deine Sätze in der **Gegenwartsform** (Präsens).
2. Schreibe in der **Ich-Form.**
3. Orientiere dich an den **W-Fragen:** Was? Wann? Wo? Wer?

Die Figuren und ihre Beziehungen verstehen

WES-127931-082

Jan und Flo gehen in dieselbe Klasse. Auch Linus geht in Jans neue Klasse. Linus und Jan kennen sich schon vom Badesee. Jan und Linus treffen sich in der Pause.

1 **Lies** den Text.

(übersetzt in einfache Sprache)

Auf dem Sportplatz stellt sich Linus direkt vor mich hin. Er ist größer als ich. Er fragt mich: „Is was?“
Ich gehe einen Schritt zurück und sage: „Was soll sein?“ Es ist mein erster Tag an der Schule. **Ich will am ersten Schultag keinen Streit haben.** Linus will Streit. Er fragt: „Hast du Angst?“ Er kommt ganz nah zu mir her. Fabi sagt zu ihm, dass ein Lehrer herüberguckt. Linus lässt mich in Ruhe.
In der Pause geht Linus zu Flo und reißt ihr das Buch aus der Hand. **Fabi erzählt mir, dass Flo und Linus bei einer Klassenfahrt kurz zusammen waren.** Irgendwie will ich alles darüber wissen. Und gleichzeitig am liebsten gar nichts. Fabi erzählt weiter: „Dann hat Flo Schluss gemacht. **Die beiden hatten Streit wegen Fotos** oder so.“
Flo lehnt immer noch an der Wand neben dem Mädchenklo. Linus steht vor ihr und ärgert sie. Er hält ihr Buch hoch und sagt: „Hol dir dein Buch, kleine Flo. Hopp, Flo. Spring!“
Flo schaut zum Buch. Dann zu Fabi und zu mir. Dann geht sie an Linus vorbei und sagt: **„Du kannst das Buch gerne behalten.“**
Das sagt sie ganz cool. Aber ich kann sehen, dass ihr Kinn zittert. Dann dreht sie sich noch einmal um. Sie sieht Linus an und fragt ihn: „Kannst du überhaupt lesen?“ Obwohl sie Linus ansieht, bin ich mir sicher: **Sie meint eigentlich mich.** Plötzlich wird mir total heiß.
Linus wirft das Buch zu mir rüber. Es ist bunt und hat komische Bilder drauf. Auf dem Buch steht: „Wahnsinn für jeden Tag mit 99 lustigen Bildern“. Dann müssen wir los. Der Schulhof ist schon leer.

2 Was geschieht zwischen Jan, Flo und Linus? **Kreuze** die richtigen Aussagen **an**.

- ☐ **Jan und Linus treffen sich auf dem Sportplatz.**
- ☐ **Jan und Linus schließen Freundschaft.**
- ☐ **Jan und Flo schließen Freundschaft.**
- ☐ **Linus gibt Flo ein Buch.**

3 Erstelle ein Schaubild mit den 4 wichtigsten Figuren (Jan, Flo, Linus, Patti).

a) **Schreibe** die Namen auf. **Zeichne** zu jeder Figur ein kleines Bild oder Symbol. Die **Infobox** hilft dir dabei.

b) Verbinde die Figuren mit den richtigen Linien und Symbolen.

4 **Schreibe** zu jeder Figur einen kurzen Satz. Der **Wortschatz** hilft dir dabei.

Jan ist *kreativ und* ____________________

Flo ist ____________________

Linus ist ____________________

Patti ist ____________________

Wortschatz

schüchtern gesprächig angeberisch kreativ sportlich

5 **Lies** den Text. Achtung! Er geht auf der nächsten Seite noch weiter.

(übersetzt in einfache Sprache)

Jan macht mit dem Handy ein Foto von Flo.
Flo sagt: „Mach das sofort weg."
Flo greift nach dem Handy. Jetzt ist das Handy voll mit Farbe.

Figurenbeziehungen darstellen

Infobox

Figuren können durch **Linien** oder **Pfeile verbunden** werden.
Symbole zeigen, welche **Beziehung** die Figuren **zueinander** haben.

Beispiele für Symbole:
♥ = liebt, 💔 = hat geliebt, ⚡ = verfeindet, ☁ = im Konflikt,
👍 = befreundet, ☺ = mag, ☹ = mag nicht.

Jan ruft: „Sag mal, spinnst du?“
Flo nimmt das Handy und wischt dran rum.
Das Handy verschmiert immer mehr.
Flo fragt Jan: „Hast du das Foto schon verschickt?“
Er antwortet: „Nein! Aber du machst gerade mein Handy kaputt!“
Flo sagt: „Oh, Mist. Das wollte ich nicht.“
Sie putzt mit ihrem T-Shirt das Handy und schnieft mit der Nase.
Dann sagt Flo: **„Es ist wegen Linus. Er hat Fotos von mir verschickt.** Keine schlimmen. Aber trotzdem. Er hat mich nicht gefragt. Nicht beim Fotografieren und auch nicht beim Verschicken. Er hat einfach nicht kapiert, warum ich das schlimm finde.“

6 Wie reagiert Flo auf das Foto? **Kreuze** die richtigen Aussagen **an**.

- ☐ **Es ist Flo peinlich.**
- ☐ **Sie findet es schlimm.**
- ☐ **Sie findet es total cool.**
- ☐ **Sie hat das Foto nicht erlaubt.**

7 **Lies** den Text.

(übersetzt in einfache Sprache)

Jan wischt mit seinem Zeh die Farbe am Boden rum. **Er sagt zu Flo, dass er sie versteht.** Und dass er das Foto nur für sich gemacht hat. Und dass es ihm leid tut.
Flo sagt: „Ich weiß. Mir tut es auch leid.“
Jan und Flo lächeln sich an. Sie lächeln so lange, bis es schon ein bisschen komisch ist. Aber schön komisch.

8 Wie ist das Verhältnis an dieser Stelle zwischen Jan und Flo?
Kreuze die richtigen Aussagen **an**.

- ☐ **Flo kann Jan nicht mehr vertrauen.**
- ☐ **Flo ist enttäuscht von Jan.**
- ☒ **Jan mag Flo.**
- ☐ **Flo mag Jan nicht.**
- ☐ **Flo kann Jan vertrauen.**
- ☐ **Flo mag Jan.**

Das Ende des Jugendbuches untersuchen

WES-127931-085

Jan und Flo kennen sich inzwischen besser und haben viel zusammen erlebt.

1 **Lies** den Text. Er ist der letzte Eintrag von Jan im Buch.

Anschlag

(übersetzt in einfache Sprache)

Das Wasser ist eiskalt. Im Mondlicht kann ich meine Füße im Wasser sehen. Und kleine Fische.
Langsam gehe ich weiter ins Wasser hinein, bis meine Hose nass wird. **Ich hole tief Luft und schwimme los.** Meine Arme und meine Beine werden ganz kalt. Ich schwimme langsam in Richtung Badeinsel. Ich habe keine Badekappe und keine Schwimmbrille. Die Hose klebt schwer an meinen Beinen. Niemand guckt auf die Stopp-Uhr.
Und trotzdem weiß ich: **Heute werde ich so gut wie nie schwimmen. Das wird die beste Bahn meines Lebens.**
Denn neben mir schwimmt Flo. Ihre langen Haare schwimmen im Wasser hinter ihr her. Ihr Gesicht leuchtet im Mondlicht.
Gleich sind wir bei der Badeinsel. Dann werde ich sie küssen.
Ganz sicher. Und zwar richtig.

2 Warum wird dies die beste Bahn seines Lebens für Jan? Markiere die Stichwörter.

Nomen

Wetter Geschwindigkeit Mondlicht Flo Badeinsel
Kuss Wettkampf Liebe Freundschaft Glück

Verben

schwimmen tauchen gehen laufen
stoppen küssen umarmen fühlen

3 **Schreibe** mithilfe der Stichwörter aus Aufgabe 2 eine Begründung für „die beste Bahn seines Lebens".

Jan schwimmt die beste Bahn seines Lebens, weil ______________________

____

4 **Schau** dir die Grafik **an**.

5 **Schreibe** zur Grafik einen kurzen Brief von Flo an Patti. Die **Infobox** hilft dir dabei.

Liebe Patti,

du wirst es nicht glauben! Jan und ich ______________________________

____

____

6 **Vergleiche** deinen Brief mit Jans letztem Eintrag (Aufgabe 1). Was haben beide gemeinsam?

7 **Sprich** mit einem Partner über das Ende des Buches.

a) Gefällt dir das Ende? **Schreibe** deine Meinung **auf**.

☐ Ja, weil ______________________________

☐ Nein, weil ______________________________

8 **Sprich** mit deinem Partner über den Titel des Buches.

a) Findest du den Titel passend? **Schreibe** deine Meinung **auf**.

☐ Ja, weil ______________________________

☐ Nein, weil ______________________________

Infobox

Einen Brief schreiben

Schreibe in deinem Brief über

1. **die Situation:** Wo ist etwas mit dir passiert?
2. **die Gefühle:** Wie hast du dich dabei gefühlt?

Eine Bücherei erkunden und nutzen

1 **Schau** dir das Bild **an**. **Lies** den Text.

Auf dem Bild siehst du eine öffentliche Bücherei.
In einer öffentlichen Bücherei kannst du Bücher ausleihen und zu Hause lesen. Du musst nicht mal was bezahlen.
Es gibt viele verschiedene Bücher zur Auswahl.
Du kannst Geschichten ausleihen.
Du findest dort Bücher über spezielle Themen wie Reisen, Kochen oder Basteln.
Büchereien gibt es an vielen Orten.

2 Was kannst du in der Bücherei entdecken? **Schreibe** deine Entdeckungen in Stichworten **auf**.

____

____

Wortschatz

Menschen Bücherregale Treppe Tische PC Bücher
Medien Kochbücher Jugendbücher Sitzsäcke Information

3 Wo befindet sich eine Bücherei in deiner Nähe?
a) **Finde** es mit Hilfe einer Internetsuche heraus.
b) **Schreibe** die wichtigsten Informationen zur Bücherei auf.

Name der Bücherei: ______________________________

Adresse: ______________________________

Website: ______________________________

Öffnungszeiten: ______________________________

Angebote für Kinder und Jugendliche: ______________________________

4 Erkunde das Angebot näher. **Beantworte** folgende Fragen dazu:
- Werden außer Büchern auch andere Medien angeboten?
- Welche Ausleihfristen gibt es?

Bücher finden und auswählen

1 **Schau** dir das Infobild **an**. **Lies** die **Infobox** auf Seite 89.

Sachbücher			literarische Bücher		
Natur	Freizeit & Sport	?	Fantasy	Action & Abenteuer	?

2 Welche beiden Buchkategorien sind in Aufgabe 1 dargestellt? **Kreuze** sie **an**.

☐ **Sachbücher** ☐ **Abenteuerbücher**
☐ **literarische Bücher** ☐ **Sportbücher**

3 a) **Schau** dir die beiden Felder mit den Fragezeichen **an**.
b) **Schreibe** Vorschläge für weitere Themengebiete anstelle der Fragezeichen **auf**.

______________________ ______________________

4 **Schau** dir die Titelbilder der 4 Bücher **an**.
a) Worum könnte es in den Büchern jeweils gehen? **Sprich** mit einem Partner **darüber**.
b) Welches Buch passt zu welchem Themengebiet aus Aufgabe 1 und 2 (Schaubild)? **Schreibe sie auf die Linien.**

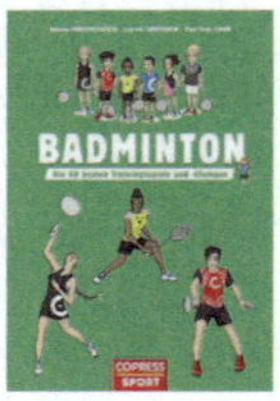

Gesundheit ______ ______ ______

5 Auf dem Einband stehen wichtige Informationen über das Buch. Auch auf dem Buchrücken stehen der Buchtitel und Autor/in. **Erkläre**, warum das so ist.

- Der Buchtitel auf dem Buchrücken ist wichtig, weil ...
- Der Name der Autorin/des Autors ...

Medien im Online-Katalog suchen und finden

1 **Schau** dir das Bild des Online-Kataloges **an**.
Sprich über die Fragen:
- Wie heißt die Bücherei?
- Wie startet man eine neue Suche?

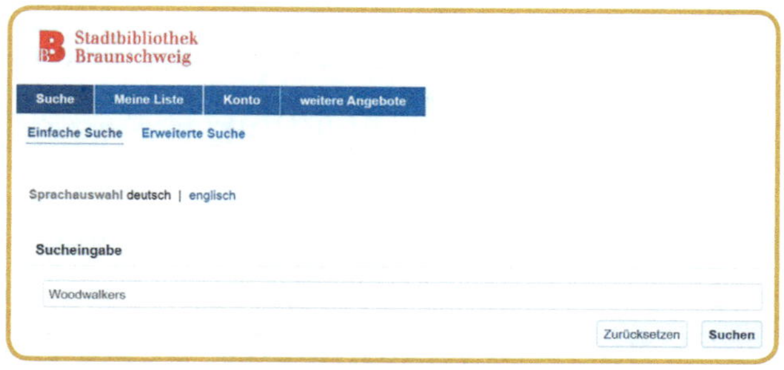

2 **Lies** die Suchergebnisse.
Beantworte die Fragen:
- Wie viele Treffer ergab die Suche?

Sie ergab 36 Treffer.

- Welche Medientypen ergab die Suche?

___

- Welcher gefundene Titel ist online verfügbar?

___

- Was bedeutet „Vormerkung“?

___

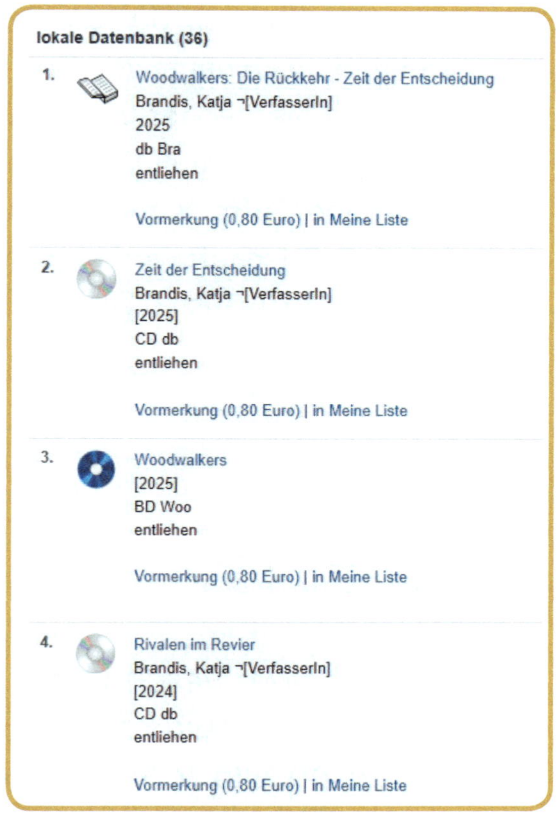

Bücherei (auch: Bibliothek)

Infobox

In einer Bücherei werden Bücher in **Sachbücher** und **literarische Bücher** eingeteilt. **Themengebiete** für Sachbücher können sein: Natur, Technik oder Reisen. Themengebiete für Literatur können sein: Liebe, Abenteuer oder Fantasy. **Jedes Buch** hat in einer Bibliothek einen **eigenen Code** – **Signatur** genannt.

In einem **Online-Katalog** kannst du Bücher durch **Suchbegriffe** suchen und finden. Du kannst direkt erkennen, ob es ein **bestimmtes Buch** in der Bücherei **gibt** und ob du **es ausleihen kannst**. Oft gibt es den Online-Katalog auch auf der Website der Bücherei.

Eine Buchvorstellung erarbeiten

WES-127931-090

Das folgende Beispiel zeigt dir eine Buchvorstellung. Diese ist gegliedert in Einleitung [A], Hauptfiguren [B], Vorlesen [C] und Abschluss [D].

1 **Lies** die Buchvorstellung aufmerksam.

Buchvorstellung „Die beste Bahn meines Lebens“ von Anne Becker

[A] Einleitung

Kennt ihr ein Buch, das aus Text und Bildern besteht und kein Comic ist? So ein Buch stelle ich euch heute vor. Das Buch heißt „Die beste Bahn meines Lebens“. Es wurde von Anne Becker geschrieben.
In dem Buch geht es um Jan und Flo. Jan zieht aus einer anderen Stadt in das Haus neben Flo. Zufällig gehen sie in dieselbe Klasse. Die beiden werden Freunde.
Ihre Freundschaft wird bald auf die Probe gestellt ...
Jetzt stelle ich euch die Hauptfiguren des Buches vor. Schaut dafür auf die Übersicht.

[B] Die Hauptfiguren

Jan
- *13 Jahre alt*
- *hat Locken*
- *hat zwei Geschwister*
- *zieht ins Haus neben Flo*
- *Lesen fällt ihm schwer*
- *erzählt den größten Teil der Geschichte*

Flo (Florentine)
- *12 Jahre alt*
- *hat rote Locken*
- *hat Hühner*
- *geht mit Jan in eine Klasse*
- *will mit ihrer Mutter in den Urlaub*
- *erzählt in Grafiken in der Geschichte*

Patti
- *Cousine von Flo*

Fabi
- *Freund von Jan*
- *geht mit Jan und Flo in eine Klasse*

Linus
- *Ex-Freund von Flo*
- *zieht in dieselbe Straße von Flo*
- *ist gemein*

C Leseprobe (Vorlesen)

Jetzt lese ich euch etwas aus dem Buch vor. Dann könnt ihr euch einen besseren Eindruck von dem Buch machen. Darum geht es:

Flo und Linus begegnen Jan. Davor nahm Linus ihr Lieblingsbuch weg und gab es Jan. Jan hat Flo das Buch noch nicht zurückgegeben. Außerdem klaute Linus die Fahrradventile von Jan.

Auszug aus „Die beste Bahn meines Lebens“, S. 57–59

(übersetzt in einfache Sprache)

Am nächsten Morgen komme ich zur Schule und Flo ist schon da. Flo steht am Fahrradständer. **Linus ärgert Flo und hält ihr Rad fest.** Linus sieht mich und kommt zu mir rüber. Flo schließt ihr Rad ab und geht zum Eingang. Sie sieht ziemlich wütend aus.

Linus sagt zu mir: „Du hast ja ein Oma-Rad.“ Ich habe das alte Rad von meiner Mutter genommen. Jetzt will er mich damit ärgern. Aber ich antworte nicht und schließe das Rad von meiner Mutter ab.

Linus hat die Ventile von meinen Fahrradreifen in der Hand. Die beiden Ventile brauche ich, damit die Luft in den Reifen bleibt. Er steckt sie mir in die Brusttasche von meinem T-Shirt. Dann gehen wir nebeneinander die Treppe hoch. Die beiden Ventile klimpern bei jedem Schritt in meiner Brusttasche. Das macht mir irgendwie Mut und **ich frage Linus nach Flo.**

Linus sagt: „Flo ist richtig gut in Mathe. Und ich nicht so. Mein Vater macht tierisch Stress wegen meiner Mathe-Note. Deshalb habe ich Flo einen Vorschlag gemacht.“

Linus tut ganz cool und bleibt in der Tür zu unserer Klasse stehen.

Er klopft mir auf die Schulter. Dann flüstert er mir zu: „Also immer schön das Buch von Flo behalten.“ […]

In der Pause sitze ich mit Fabi auf der Treppe neben dem Mädchenklo. […] Plötzlich spüre ich einen Schlag am Kopf. Ich drehe mich um, aber da lacht Fabi neben mir los.

„Spinnst du?“ Ich boxe ihn in die Seite. „Wieso schlägst du mir einfach auf den Kopf?“

Fabi sagt: „Du träumst, Mann.“

Ich sage zu Fabi, dass ich Flo suche.

Fabi grinst und sagt. „Aha. Du meinst Florentine Feldkamp.“ Das ist nämlich der richtige Name von Flo.

Ich boxe Fabi noch einmal. Ich sage ihm, dass ich noch etwas von ihr habe.

Fabi fragt: „**Was, sie hat dir was geliehen? Dann liebt sie dich.** Sie ist sonst total pingelig mit ihrem Kram. Bei Büchern ist es besonders schlimm. In der Klasse fragt sie gar niemand mehr.“
Da fällt mir das nasse Buch ein und ich sage: „Oh Mist.“
Mir wird ein bisschen komisch im Bauch.

D Abschluss

Mir hat das Buch sehr gefallen. Deshalb möchte ich es euch gern empfehlen. Es ist nicht dick. Es ist interessant geschrieben. Jan und Flo erzählen beide die Geschichte aus ihren Perspektiven. Dabei wechselten sich Texte und Grafiken ab. Das fand ich besonders interessant.

2 Die Buchvorstellung ist in 4 Abschnitte gegliedert. **Fülle** die richtigen Informationen in die Spalten in die Tabelle. Die **Infobox** hilft dir dabei.

Teil		**Inhalt**
A	Einleitung	– Begrüßung – Titel des Buches – Name Autor/Autorin
B	Hauptfiguren	– *Ich stelle Jan vor.* – –
C	*Leseprobe*	– – –
D		

3 Nun bist du an der Reihe.
a) **Wähle** ein Buch für deine eigene Buchvorstellung aus. Deine Lehrkraft hilft dir dabei.
b) **Erarbeite** dir den Inhalt des Buches. **Beantworte** dafür die Fragen:
- Wer hat das Buch geschrieben?
- Wie heißt das Buch?
- Wovon handelt das Buch?
- Wer sind die Hauptfiguren?
- Was passiert mit ihnen in dem Buch?
- Aus wessen Sicht wird erzählt?

4 **Erarbeite** deine Buchvorstellung. Dabei helfen die Tipps und deine Lernergebnisse.

5 **Halte** deine Buchvorstellung vor deiner Lerngruppe.

Tipps für die Gliederung deiner Buchvorstellung

Infobox

1. Einleitung
- In der Einleitung informierst du über den Titel und über die Autorin/den Autor.
- Erzähle auch, woher du das Buch kennst.

2. Überblick über die Hauptfiguren
- Du stellst die wichtigsten Figuren des Buches vor.
- Dafür kannst du eine Übersicht erstellen.
- Auch erläuterst du kurz die Handlung in dem Buch.
- Verrate jedoch nicht das Ende des Buches.

3. Leseprobe
- Wähle einen besonders spannenden längeren Textabschnitt aus.
- Lies langsam, laut und deutlich deine Leseprobe vor.
- Atme ruhig dabei.
- Mache kurze Pausen während des Vorlesens.
- Übe deine Leseprobe vorher einige Male zu Hause.

4. Abschluss (Lese-Empfehlung)
- Zum Schluss erklärst du deinen Zuhörern dein Lese-Erfahrung.
- Erläutere, was dir am Buch gefallen hat.
- Begründe, warum andere das Buch ebenfalls lesen sollten.

Sachtexte

WES-127931-094

Vom Z1 bis zum Smartphone *(übersetzt in einfache Sprache)*

Computer

Computer sind **moderne Rechenmaschinen**. Der Begriff Computer kommt vom lateinischen Wort computare. Das heißt auf Deutsch: rechnen.

Erster Computer

Der deutsche Erfinder **Konrad Zuse** erfand im Jahr 1938 den ersten **Computer**. Er nannte ihn Z1. Der Computer war so groß wie ein Schrank. Er wog tausend Kilo.

Erster Heimcomputer

1975 wurde in den USA ein Heimcomputer entwickelt. Das war ein **Computer für zu Hause**. Der Computer hieß Altair 8800 und kostete 400 Dollar. Er hatte noch keine Tastatur, keine Maus und keinen Bildschirm.

Tastatur, Maus und Bildschirm

Anfang der 1980er Jahre bekamen die Computer eine Tastatur, eine Maus und einen Bildschirm. Ein anderes Wort für Bildschirm ist Monitor.

Betriebssystem

Damals gab es für die Computer kein Betriebssystem. **Bill Gates** hat das **Betriebssystem** später geliefert. So konnten die Menschen Computer leichter benutzen.

Laptop, Tablet, Smartphone und Smartwatch

Später wurden die Computer dann immer kleiner. Und sie konnten immer mehr. Es gab nun den **Laptop**. In den 2000er Jahren wurden **Tablets** und **Smartphones** und die Smartwatches erfunden. Das sind **Mini-Computer** für das Handgelenk. Diese Geräte haben heute alle ein **Display.** Das Display ersetzt Tastatur, Maus und Bildschirm.

Heute

Heute geht fast nichts mehr ohne Computer. Jedes **Smartphone kann viel mehr als** die ersten **Computer**.

1 a) **Lies** die Überschrift.

b) **Überfliege** den Text. **Lies** nur die fettgedruckten Wörter.

c) **Besprecht** die Frage: Worum könnte es im Text gehen?

2 Das ist ein Sachtext. **Besprecht** die Fragen:

- Warum würdest du so einen Text lesen?
- Wo findest du so einen Text?
- Warum ist das ein Sachtext?

Die Fünf-Schritt-Lesemethode kennenlernen

1 **Siehst** du, dass Max schon am Text gearbeitet hat? Woran erkennst du das?

2 a) **Lies** die **Infobox**.
b) **Sprecht darüber**, welche Schritte Max bereits gemacht hat.
Die Markierungen und Zwischenüberschriften am Textrand helfen euch.

3 **Spiele** mit einem Partner ein Fragespiel.
- **Lies** den ganzen Text.
- Eine Person stellt eine Frage zum Text, die andere Person beantwortet sie. Dann tauscht ihr die Rollen. Der **Wortschatz** hilft euch dabei.

Wortschatz
- Wie heißt das lateinische Wort für „Computer“?
- Wie heißt der Erfinder des ersten Computers?
- Was wurde in den 2000er-Jahren erfunden?
- ...

Die Fünf-Schritt-Lesemethode

Infobox

1. Überfliegend lesen: Was steht ungefähr im Text?
Schau dir die Überschriften, Abbildungen und fett gedruckten Wörter **an**.

2. Gründlich lesen: Was steht ganz genau im Text?
Lies nun den ganzen Text.

3. Wichtiges kennzeichnen: Welche Informationen sind wichtig?
Markiere wichtige Wörter im Text.

4. Zwischenüberschriften formulieren: Worum geht es in den Absätzen?
Finde passende Zwischenüberschriften für jeden Absatz.

5. Inhalt wiedergeben: Wie kann ich den Inhalt zusammenfassen?
Erzähle den Inhalt des Textes mit eignen Worten **nach**.
Die Zwischenüberschriften und markierten Wörter helfen dir.

Mit der Fünf-Schritt-Lesemethode arbeiten

WES-127931-096

Schritt 1) Überfliegendes Lesen: Was steht ungefähr im Text?

1 a) **Lies** die Überschrift.
b) **Überfliege** den Text. **Lies** nur die fettgedruckten Wörter.
c) **Besprecht** die Frage: Worum könnte es im Text gehen?

Persönliche Bilder auf Social-Media-Plattformen

(übersetzt in einfache Sprache)

Kinder und Jugendliche dürfen Social-Media-Plattformen nur mit der **Erlaubnis der Eltern** benutzen. Trotzdem benutzen viele Kinder und Jugendliche die Plattformen. Sie müssen deshalb die **Regeln kennen** und beachten.

Das ist wichtig:
Wenn wir **Fotos oder Filme** von uns oder anderen auf Social-Media-Plattformen **hochladen** oder **verschicken**, können wir sie oft nie mehr ganz löschen. Sie sind zum Beispiel noch **auf** einem **Server gespeichert**. Oder jemand hat sie heruntergeladen oder einen Screenshot von einem Foto gemacht. Daran müssen wir immer denken. Das gilt besonders für Fotos und Filme, die uns später vielleicht peinlich sind.
Wir müssen auch bei **Fotos von anderen Menschen** aufpassen. Wir dürfen von einer Person **nur mit ihrer Erlaubnis** ein **Foto machen**. Und wir dürfen ein Foto von einer anderen Person nur mit ihrer Erlaubnis **veröffentlichen**. Das gilt vor allem für Fotos, die für die Person peinlich sein können.
Vielleicht hat eine Person ein Foto von uns **ohne Erlaubnis hochgeladen**. Dann können wir verlangen, dass das Foto sofort gelöscht wird. Löscht die Person das Bild nicht, dann können wir das **bei der Plattform melden**.
Bei den meisten Plattformen können wir **einstellen, wer die Fotos sehen darf**. Zum Beispiel nur bestimmte Freunde. Das ist wichtig. Denn sonst können vielleicht Fremde die Fotos sehen. Und die Fremden können die Fotos weiterleiten oder verändern.

Schritt 2) Gründlich lesen: Was steht ganz genau im Text?

2 a) **Lies** den ganzen Text.
b) **Frage nach**, wenn du ein Wort nicht verstehst.

Schritt 3) Wichtiges kennzeichnen: Welche Informationen sind wichtig?

3 a) Markiere in jedem Absatz die wichtigsten Wörter.
b) **Fülle** die markierten Wörter in die Tabelle.

Absatz	Zeilen	Inhalt
1	1–4	*Erlaubnis der Eltern, Regeln kennen*
2	5–11	
3	12–15	
4	16–18	
5	19–22	

Schritt 4) Zwischenüberschriften formulieren: Worum geht es in den Absätzen?

4 a) **Lies** die folgenden Zwischenüberschriften.
Welche Zwischenüberschrift passt zu welchem Absatz?
b) **Fülle** die richtige Nummer in die Kästchen.

Bestimme selbst, wer deine Fotos sehen darf!	5
Einmal hochgeladen – auf Server gespeichert!	
Erlaubnis und Regeln	
Veröffentlichung anderer Fotos nur mit Erlaubnis!	
Fotos von dir hochgeladen? Löschen lassen oder melden!	

Schritt 5) Inhalt wiedergeben: Wie kann ich den Inhalt zusammenfassen?

5 a) Worum geht es im Text? **Kreuze** eine Aussage **an**.

Im Text „Persönliche Bilder auf Social-Media-Plattformen“ geht es um ...

- [ ] **... die Erlaubnis der Eltern bei Fotos im Internet.**
- [ ] **... den sicheren Umgang mit Fotos und Filmen im Internet.**
- [ ] **... die Benutzung fremder Fotos im Internet.**

b) **Fasse** alle wichtigen Informationen **zusammen**.
Fülle die Lücken mit den richtigen Wörtern.
Deine markierten Wörter helfen dir dabei.

Social-Media-Plattformen darf man nur mit *Erlaubnis der Eltern benutzen.*

____.

Auch Kinder müssen die ____.

Wenn wir auf Social-Media-Plattformen ____

____, werden sie auf ____

____.

Wir müssen aufpassen bei ____ und

dürfen von einer Person ____

____________________ und ____.

Wenn eine andere Person ____,

können wir verlangen, dass das Foto ____

oder wir melden ____.

Meistens können wir ____

____.

Schulbuch S. 134

Nach bestimmten Informationen in einem Text suchen

1 **Lies** den Text und die **Infobox**.

WES-127931-099

Die Geschichte der Künstlichen Intelligenz

(übersetzt in einfache Sprache)

Mit **Künstlicher Intelligenz** lernen Computer Dinge, die nur Menschen machen. Künstliche Intelligenz heißt kurz **KI**. Die Computer brauchen **viele Daten** zum Lernen und um **gute Entscheidungen** zu **treffen**. Schon in den 1950er Jahren hatten Forschende die **Idee**, **Computer** so **klug zu machen** wie Menschen. Damals ging das noch nicht. In den **1960er** und **1970er Jahren** gab es **große Fortschritte**. Forschende haben **erste Programme** entwickelt, mit denen **Computer Denkaufgaben lösen** konnten. Sie konnten **Schach** spielen. Die Programme waren aber noch nicht so klug wie Menschen. Sie konnten nur wenige Dinge tun. In den **1980er** und **1990er Jahren** wurden die **Computer schneller** und **besser**. Sie konnten jetzt auch **schwierige Dinge** wie **eine Sprache** lernen. Die **KI** ist in den letzten Jahren immer **klüger** geworden. Sie ist **nützlich** für uns. **Heute** haben wir KI-Programme, die **Fragen beantworten** können. Manche Programme können **Autos steuern**. KI kann auch **Ärzten helfen**, Krankheiten zu erkennen. Und sie kann in der **Forschung helfen**. Zum Beispiel bei der Erforschung des Weltraums. Manche Menschen machen sich **Sorgen**, dass die **KI zu viel Macht** über sie bekommt.

2 Worum geht es im Text? **Kreuze** 2 Aussagen **an**.

- ☐ **Die Angst vor der Entwicklung der KI**
- ☐ **Die Entwicklung der KI im Laufe des Lebens**
- ☐ **Die geschichtliche Entwicklung der KI bei Computern**
- ☐ **Die KI entstand in den 1960er und 1970er Jahren**

Gezielte Suche nach Informationen

Infobox

Manchmal liest du einen Text, um etwas Bestimmtes zu erfahren. Du **überfliegst** ihn, bis du dahin kommst, wo das Gesuchte steht. **Überprüfe** mit den **Sätzen davor** und **danach**, ob du das Richtige gefunden hast.

Die 5-Schritt-Lesemethode üben

WES-127931-100

1 Gehe wie in **Schritt 1 und 2** vor **Überfliege** erst den Text. **Lies** dann den Text genau.

Woraus ein Smartphone besteht

(übersetzt in einfache Sprache)

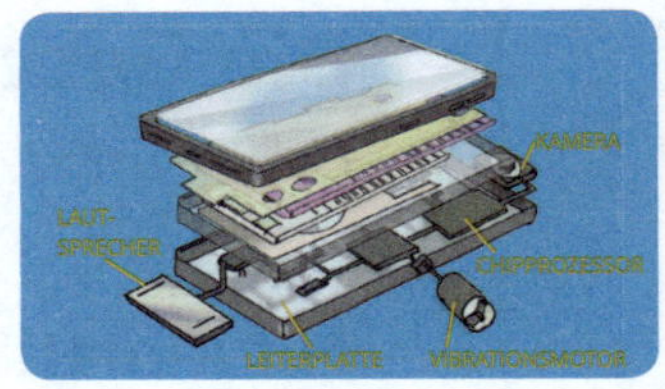

Für die **Herstellung** von Smartphones **brauchen wir** bestimmte **Rohstoffe**. Zum Beispiel Metalle wie Kupfer und Wolfram oder die Seltenen Erden.

Die **Rohstoffe** für Smartphones gibt es in **Südamerika**, **Afrika** und **Asien**. Bergleute **bauen** die **Rohstoffe** in **Minen ab**. Die **Arbeit** dort ist **gefährlich**. Denn für den Abbau der Rohstoffe benutzen die Bergleute **chemische Stoffe**. Und sie benutzen **oft keine Schutzkleidung**.

In manchen Ländern gibt es **Kämpfe um die Rohstoffe**. Zum Beispiel im Kongo. Deshalb können Smartphones auch den Menschen schaden.

Rohstoffe

Minen in Südamerika, Afrika und Asien

Arbeit in Minen gefährlich

Gefahr für Menschen

2 Gehe wie in **Schritt 3** vor. Markiere die wichtigsten Wörter. **Fülle** die Tabelle.

Absatz	Zeilen	Inhalt
1	1–3	*Für die Herstellung brauchen wir Rohstoffe.*
2	4–8	
3	9–11	

3 Gehe wie in **Schritt 4** vor. **Fülle** die richtige Nummer (passenden Absatz) in die Kästchen.

Kämpfe um Rohstoffe	
Rohstoffe für Herstellung von Smartphones	
Arbeit in Minen gefährlich	

4 Gehe wie in **Schritt 5** vor.
a) Worum geht es im Text? **Kreuze** eine Aussage **an**.

Der Text „Woraus ein Smartphone besteht" handelt von ...

- ☐ **... Asien, Afrika und Südamerika.**
- ☐ **... der Arbeit in Minen.**
- ☐ **... den benötigten Rohstoffen zur Herstellung von Smartphones.**

b) **Fülle die Lücken** mit den richtigen Wörtern.
Deine markierten Wörter helfen dir dabei.

Für die Herstellung *von Smartphones brauchen wir bestimmte Rohstoffe*

____________. Die Rohstoffe für ____________

____________.

Bergleute ____________.

Die Arbeit ist ____________. Bergleute benutzen ____________

____________ und tragen ____________

____________.

In manchen Ländern, zum Beispiel im Kongo ____________

____________.

Informationen im Internet recherchieren

1 **Schau** dir das Bild genau **an**. Was siehst du?

2 Wonach suchen die Schülerinnen und Schüler im Internet?
Kreuze die richtigen Aussagen **an**. (3 Richtige)

- [X] **Nach dem Geburtsdatum von Kirsten Boie**
- [ ] **Nach dem schwedischen Wort für Wolf**
- [ ] **Nach dem Erfinder des Internets**
- [ ] **Nach der Adresse der Schule**
- [ ] **Nach dem Preis für Schlittschuhe**
- [ ] **Nach einem Rezept für Kartoffelsuppe**

3 **Sprecht** über die Fragen:
- Was sucht ihr im Internet?
- Warum sucht ihr etwas im Internet?
- Hattet ihr schon einmal Probleme beim Suchen im Internet? Was war problematisch?

Suchmaschinen nutzen

1 Maxim sucht nach „Kaninchen“.
Schau dir seine Suchergebnisse **an**.

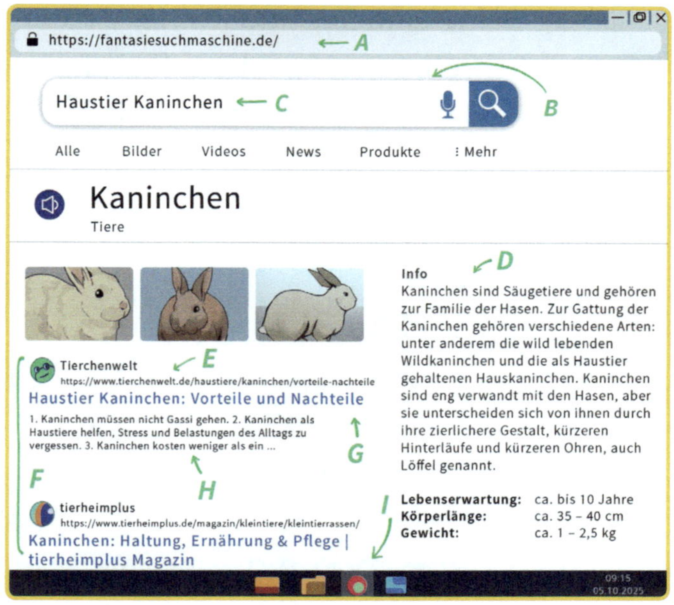

2 Welche Informationen über das Kaninchen findest du auch in Maxims Ergebnissen? **Kreuze** die richtigen Antworten **an**.

- [X] Vorteile und Nachteile eines Haustieres
- [ ] Das Fell eines Kaninchens
- [ ] Gewicht eines Kaninchens
- [ ] Arten von Kaninchen
- [ ] Lebenserwartung eines Kaninchens
- [ ] Ernährung und Pflege eines Kaninchens

3 Hier siehst du die Fachwörter für die Internetsuche.
a) **Lies** nach, was die Fachwörter bedeuten.
b) **Ordne** den Wörtern die Buchstaben A–I **zu**.
Schreibe sie in die Kästchen. Das Bild hilft dir dabei.

	Browser = Ein Programm, mit dem du ins Internet gehen kannst.		**Suchmaske** = Ein Feld, in das du ein Wort eingibst, um etwas zu suchen.
	Lexikonartikel = Ein kurzer Text, der dir etwas erklärt – wie in einem Buch.		**Trefferliste** = Eine Liste mit Ergebnissen, die nach einer Suche erscheint.
	Link = Ein Wort oder Bild, auf das du klicken kannst, um zu einer anderen Seite zu kommen.		**URL** = Die Internet-Adresse einer Website.
	Suchbegriff = Das Wort, das du in die Suche eingibst.		**Vorschautext** = Ein kurzer Text, der zeigt, worum es auf der Seite geht.
A	**Suchmaschine** = Eine Internet-Seite, die dir hilft, andere Seiten zu finden – wie Google.		

4 **Schau** dir andere Suchmaschinen **an**. Vergleiche den Aufbau.
Die **Infobox** hilft dir dabei.

a) **Öffne** eine Suchmaschine.
Schreibe den Suchbegriff „Haustier Kaninchen" in die Suchmaske.

b) Findest du alle Elemente wieder? **Kreuze an**, was du siehst.

- ☐ **Browser**
- ☐ **Lexikonartikel**
- ☐ **Link**
- ☐ **Suchbegriff**
- ☐ **Suchmaschine**
- ☐ **Suchmaske**
- ☐ **Trefferliste**
- ☐ **URL**
- ☐ **Vorschautext**

5 Es gibt auch Suchmaschinen nur für Kinder und Jugendliche.

a) **Öffne** eine der beiden Kindersuchmaschinen:
Das Klexikon – https://www.klexikon.de
Frag Finn – https://www.fragfinn.de

b) **Vergleiche** Schrift und Farbe. Was ist anders?

____

c) Welche Elemente fehlen? **Schreibe** sie **auf**.

____

6 **Schreibe** einen der beiden Suchbegriffe in die Suchmaske.

a) Was fressen Kaninchen? oder Kaninchen Essen

b) Was erfährst du über die Ernährung des Kaninchens? **Schreibe auf**.

____

i Infobox

Suchmaschinen benutzen

Mit **Suchmaschinen** kannst du **Informationen suchen**. Es gibt sogar Suchmaschinen nur für Kinder und Jugendliche.

- Suchmaschinen suchen nach Wörtern, die du eingibst (**Suchbegriffe**).
- Schreibe kurze Wörter, die genau beschreiben, was du suchst.
- Auch mit einer konkreten Frage klappt es.

Suchergebnisse auswählen

1 Maxim will wissen: „Wie kann ich Kaninchen artgerecht (= so, wie es das Tier braucht) in einem Gehege halten?“ Hier siehst du Maxims Trefferliste.

Kaninchengehege artgerecht

Alle | Bilder | Videos | News | Produkte | ⋮ Mehr

Kaninchengehege artgerecht Anzeigen

SAFE GEHEGE
Freigehege F...
28,99€

SAFE GEHEGE
Freigehege F...
34,99€

GEHEGE DELUXE
Nagerhaus F...
59,99€

GEHEGE DELUXE
Kaninchengehe...
223,00€

Ein Herz für Tiere
https://herz-fuer-tiere.de/.../kaninchen/das-artgerechte-kaninchenge... ▾

Das artgerechte Kaninchengehege - Ein Herz für Tiere

03.03.2022 - Die "Tierärztliche Vereinigung für Tierschutz e.V." hat Maße für ein artgerechtes Kaninchengehege herausgegeben. Sie empfiehlt für kleine Kaninchenrassen bis zu drei Kilogramm folgende Werte: 1. Grundfläche: mindestens 6 m² 2. ab drei Kaninchen: Gehegegröße pro Tier um mindestens 20 % ...

Verein Tierwohl
https://www.verein-tierwohl.de/themen/Kaninchenhaltung/

Kaninchenhaltung: Wie halte ich Kaninchen richtig?

18.03.2024 - Eine artgerechte Haltung der beliebten Kleintiere ist aufwändig und kompliziert – von der Ernährung bis hin zu den passenden Haltungsbedingungen. Viele von ...

Jimdo
https://kaninchen-zucht-xxl.jimdofree.com/unsere-zucht-haltung/

Unser Zuchtversprechen - ab dem siebten Monat garantiert

24.07.2015 - Unsere Häsinnen werden mindestens einmal und maximal zweimal im Jahr gedeckt. Dazwischen liegen ...

2 **Lies** die Infobox auf Seite 106.

a) **Schau** dir noch einmal Maxims Suchergebnisse **an**.

b) **Unterstreiche** folgende Elemente im Bild **farbig**.

- Überschrift = blau
- Vorschautext = grün
- Datum = gelb
- URL = braun
- Werbung = rot

3 Was erfährst du zur Haltung eines Kaninchens?

a) **Lest** Maxims Suchergebnisse.

b) Welche Ergebnisse passen zu Maxims Frage: „Wie kann ich Kaninchen artgerecht im Gehege halten?“ **Schreibt** die passenden Überschriften **auf**.

Das artgerechte Kaninchengehege – Ein Herz für Tiere

c) Könnt ihr auf dem Bild etwas entdecken, das wie Werbung aussieht? Was fällt euch dabei auf? **Schreibt** eure Entdeckungen **auf**.

d) Fällt euch ein Suchergebnis in der Liste auf, das komisch oder nicht vertrauenswürdig wirkt? Warum denkt ihr das? **Schreibt** eure Begründung **auf**.

Infobox

Suchergebnisse auswählen

Wenn du Suchbegriffe in einer Suchmaschine eingibst, kommen viele **Suchergebnisse** heraus. Folgende Tipps helfen dir, geeignete Suchergebnisse auszuwählen:

- Die **Überschrift** passt zu dem, was du suchst.
- Der **Vorschautext** passt du zu dem, was du wissen willst.
- Das **Datum** des Suchergebnisses ist aktuell.
- Die **URL** ist meistens sicher, wenn sie mit **https:// beginnt, bekannte Namen enthält** und **keine komischen Wörter hat**.
- Es ist **Werbung**, wenn dir jemand etwas verkaufen will. Zum Beispiel: Angebot, Anzeige, gesponsert oder Werbung.

Eine Website bewerten

1 Maxim möchte mehr zur artgerechten Haltung erfahren. Dafür hat er im Internet gesucht und ein Ergebnis angeklickt. Hier siehst du die Website (= Internetseite).

Alles rund um Zwerkaninchen -

https://www.tierschutzbund.de/tiere-themen/haustiere/andere-haustiere/zwergkaninchen

Aktuelles | Tierheim-Finder | Impressum | Vereine | Suche

Tiere & Themen | Über Uns | Helfen | Kampagnen | Jetzt spenden | Fördermitglied werden

HALTUNG IM DOPPELPACK ODER IN EINER GRUPPE

Zwergkaninchen putzen sich gerne gegenseitig, schlafen aneinander gekuschelt und warnen sich bei Gefahren – sie sind sehr gesellige Tiere, die den Kontakt zu Artgenossen brauchen. Ein einzeln gehaltenes Tier leidet enorm. Halten Sie die Kaninchen daher mindestens zu zweit. Idealerweise leben sie in einer Gruppe aus drei bis fünf Tieren zusammen. Am besten vertragen sich kastrierte Böckchen mit Weibchen. Dass die männlichen Tiere kastriert sind, ist bei jeder Gruppenhaltung wichtig.

Kaninchen haben ein starkes Bedürfnis nach Gesellschaft und sollten daher mindestens zu zweit gehalten werden.

2 Lies die **Infobox.** Finde heraus, woran du eine vertrauenswürdige Website erkennst.

a) **Fülle** die richtigen Wörter in die Lücken.

1 Eine Website ist vertrauenswürdig, wenn sie *ordentlich* __________ aussieht.
(ordentlich, aufgeräumt, unklar)

2 Die Seite wirkt gut gemacht, weil ______________________________.
(alles lesbar ist, die Bilder passen, sie professionell gestaltet ist)

3 Die Texte sind ______________ geschrieben und haben __________ Fehler.
(klar und einfach, keine, viele, wenige, schwer)

4 Ich denke, die Informationen stimmen, weil ich ______________________

______________________________.
(sie auf anderen Seiten gefunden habe / sie gut finde / das schon kenne)

3 Auf der Website findet Maxim den Reiter (= Klickfeld) „Impressum“.
Schau dir die Abbildung genau **an**.

IMPRESSUM
DEUTSCHER TIERSCHUTZBUND e.V.
Bundesgeschäftsstelle
In der Raste 10
53129 Bonn
Tel.: (0228) 60 49 60
Fax: (0228) 60 49 640
E-Mail: bg@tierschutzbund.de
URL: www.tierschutzbund.de

4 Was steht in einem Impressum? **Unterstreiche** die richtigen Wörter.

Name   Lieblingsfarbe   Adresse   Telefonnummer
Informationstext   E-Mail   Website

5 Suche selbst eine Website zur artgerechten Haltung von Kaninchen.
a) **Öffne** die Suchmaschine Frag Finn – www.fragfinn.de
b) **Wähle** ein Suchergebnis aus.
c) **Finde** das Impressum der Website.
d) **Prüfe**, ob das Impressum vertrauenswürdig ist.

i Infobox

Websites bewerten

Auf **Websites** (= Internetseiten) findest du **viele Informationen** – manchmal **richtige aber auch falsche**. Du musst also überprüfen, ob eine Website vertrauenswürdig ist.
Folgende Tipps helfen dir dabei:

- **Schau dir die Seite genau an.** Macht sie einen ordentlichen Eindruck?
- **Die Seite ist professionell gestaltet.** Hat sich jemand Mühe gegeben?
- **Überfliege den Text.** Ist der Texte klar geschrieben? Gibt es viele Fehler im Text?
- **Die Informationen stimmen.** Macht das, was im Text steht für dich Sinn?
- Kannst du die gleichen Informationen auf anderen Websites wiederfinden?
- Vertrauensvolle Websites enthalten ein **Impressum**: Ein **Impressum** (= Kontakt) enthält **Angaben zum Betreiber** einer Seite (Person, Gruppe oder Unternehmen)
  In Deutschland ist ein Impressum **gesetzlich vorgeschrieben**.
- **Tipp:** Prüfe, ob es den Betreiber einer Website wirklich gibt.

Websites wiederfinden

1 Maxim hat im Internet nach den Kosten für eine Kaninchenhaltung gesucht und Seiten gefunden. Jetzt fragt er sich: „Wie kann ich die Seiten später wiederfinden?“

a) Mit einem **Lesezeichen** kannst du eine Website speichern und wiederfinden. Diese Symbole helfen dir dabei:

☆ (Stern) ♥ (Herz) 🕮 (Buch) 🔖 (Lesezeichen) ▤ (Ordner)

b) Nicht immer helfen Lesezeichen. Was kannst du noch tun? **Sprich** mit einem Partner **darüber**. **Lest** die **Infobox**.

2 Jetzt bist du an der Reihe:

a) **Öffne** eine Suchmaschine. Gib die Suchbegriffe „Kosten Kaninchen“ ein.

b) **Wähle** zwei Suchergebnisse aus.

c) **Öffne** die Websites und setzte je ein Lesezeichen.

d) **Schließe** die Websites und finde sie mithilfe der Lesezeichen wieder.

e) **Schreibe** den URL einer Website **auf**.

URL: ______________________________

f) **Schreibe** den Titel eines Textes, die Autorin/den Autor und den Namen der Website **auf**.

Titel des Textes: ______________________________

Autorin/Autor: ______________________________

Name der Website: ______________________________

Websites wiederfinden

Infobox

Tipps, um eine Website wiederzufinden:

- **Lesezeichen setzten:** Klicke auf das Lesezeichensymbol neben der URL.
- **URL kopieren oder aufschreiben:** Mit der Adresse kommst du direkt zur Website.
- **Titel, Autor/in, Name der Webiste:** Schreibe dir die Angaben auf.

Eine Internetsuche selbst durchführen

Suche im Internet nach Dackeln als Haustiere.
Stelle deine Ergebnisse als Steckbrief **vor**.

1 **Fülle** die Informationen im Steckbrief **aus**. Gehe so vor:

a) **Öffne** die Kindersuchmaschine Frag Finn – www.fragfinn.de

b) **Schreibe** folgende Suchbegriffe in die Suchmaske:
Aussehen von Dackeln, Größe und Gewicht eines Dackels, Wie alt wird ein Dackel?, Was fressen Dackel?, Wie oft müssen Dackel raus? …

c) **Wähle** gute Suchergebnisse **aus**. **Lies** noch einmal die **Infobox** auf Seite 106 und die **Infobox** auf Seite 108.

Steckbrief: Der Dackel als Haustier

Aussehen von Dackeln:

____

____

____

Größe: ______________________________

Gewicht: ______________________________

Alter: ______________________________

Herkunft: ______________________________

Futter: ______________________________

Bewegung: ______________________________

____

Besonderheiten: ______________________________

____

Suche im Internet nach Meerschweinchen als Haustiere.
Stelle deine Ergebnisse als Steckbrief **vor**.

1 **Fülle** die Informationen im Steckbrief **aus**. Gehe so vor:

a) **Öffne** die Kindersuchmaschine Frag Finn – www.fragfinn.de

b) **Überlege** dir eigene Suchbegriffe:

> **Tipp:** kurze und genaue Wörter, mehrere Wörter, Frage stellen

c) **Wähle** zwei Suchergebnisse **aus**.

> **Tipp:** aktuell, passend zum Thema, vertrauenswürdig

d) **Speichere** deine Websites mit einem Lesezeichen.

Steckbrief: Das Meerschweinchen als Haustier

Aussehen von Meerschweinchen:

____

____

____

Größe: ______________________________

Gewicht: ______________________________

Alter: ______________________________

Herkunft: ______________________________

Futter: ______________________________

Bewegung: ______________________________

____

Besonderheiten: ______________________________

____

Beschreiben

Mein Ding ist rund.
Es hat einen Verschluss und
sieht hübsch aus.
Man kann es am Arm tragen.

Leonie ☐

Mein Ding braucht man im Winter.
Es besteht aus weicher Wolle.
Es ist gelb, blau und orange.
Das Ding hat ein schönes Muster.

Lucca ☐

Mein Ding ist rot und schwarz.
Es ist aus Plastik.
Mein Ding hat Rillen.
Dadurch liegt es besser in der Hand.

Elena ☐

Mein Ding ist schwarz und
weiß. Ich kuschele damit.
Es besteht aus weichem Stoff.

Max ☐

1 **Schau** dir die Bilder **an**.

2 **Lies** die Sprechblasen.
a) Welche Gegenstände beschreiben die Schülerinnen und Schüler? **Vergleiche** die Beschreibungen mit den Bildern. **Ordne** sie richtig **zu**.
b) Bei welcher Beschreibung warst du dir unsicher? Woran liegt das? **Sprecht darüber.**

3 **Sucht** euch einen Gegenstand **aus** und **beschreibt** sein Aussehen.
- Verratet nicht den Namen des Gegenstands.
- Versucht zu erraten, welcher Gegenstand gemeint ist.

4 Was fandet ihr beim Beschreiben leicht und was schwierig? **Sprecht darüber.**

Gegenstände beschreiben

WES-127931-113

Berat hat ein Problem. Er hofft auf die Hilfe der Hausmeisterin.

1 **Lies** das Gespräch.
Wenn du einen Partner hast, lest mit verteilten Rollen.

Im Fundbüro

Berat: „Hallo, ich heiße Berat. Können Sie mir helfen?“

Hausmeisterin: „Guten Morgen Berat. Was ist denn?“

Berat: „Ich habe meine Federmappe verloren. Ich habe schon überall gesucht: in meinem Rucksack, in der Schule und zu Hause. Aber ich finde die Federmappe nicht. Ist sie bei Ihnen im Fundbüro?“

Hausmeisterin: „In meinem Regal liegen 5 Federmappen. Wie sieht deine Federmappe aus?“

Berat: „Meine Federmappe ist groß und eckig.“

Hausmeisterin: „Gut, ich schaue mal nach. 3 Federmappen sind eckig und groß. Welche Farbe hat deine Federmappe denn?“

Berat: „Meine Federmappe ist blau. Eigentlich ist Rot meine Lieblingsfarbe. Aber meine Oma hat mir eine blaue Federmappe geschenkt. Sie hat gedacht, Blau ist meine Lieblingsfarbe.“

Hausmeisterin: „Es gibt 2 Federmappen, die groß, eckig und blau sind.“

Berat: „Mein Federmappe ist aus Stoff. Er weist Wasser ab.“

Hausmeisterin: „Ok, ich habe hier eine Federmappe aus Stoff und eine aus Leder. Schau mal, das könnte deine Federmappe sein: groß, eckig, blau und aus Stoff, der Wasser abweist.“

Berat: „Ja, das ist meine Federmappe. Danke!“

2 a) **Schau** dir die Federmappen **an**.
b) Welche hat die Hausmeisterin Berat wohl gezeigt?
Begründe deine Entscheidung.

3 **Lies** das Gespräch noch einmal **leise**.
- Welche Aussagen waren wichtig für die Hausmeisterin, um die richtige Federmappe zu finden? Markiere sie im Text.
- Welche Aussagen waren überflüssig? **Streiche** sie im Text **durch**.

4 Berat hat einige wichtige Merkmale genannt.
Verbinde die Merkmale mit den richtigen Oberbegriffen.

Oberbegriff	Merkmal
Bezeichnung	groß
Form	blau
Größe	wasserabweisender Stoff
Farbe	eckig
Material	Federmappe

5 **Lies** Berats genaue Beschreibung in der Sprechblase.
Hat er alle Merkmale genannt?

Ich suche meine Federmappe. In meiner Federmappe sind all meine Stifte.
Meine Federmappe ist hat eine schöne Farbe.
Sie ist aus einem besonderen Stoff und ist so groß wie meine Deutschmappe.

6 **Überprüfe** mit der **Infobox** auf Seite 116, ob du die Federmappe noch genauer beschreiben kannst.

7 Stell dir vor, du vermisst deine Federmappe. **Schreibe** einen Brief mit einer genauen Beschreibung deiner Federmappe. Der **Wortschatz** hilft dir dabei.

Lieber Hausmeister, ____________________

ich vermisse meine Federmappe. Vielleicht wurde sie bei Ihnen

abgegeben. ____________________

Sie ist ____________________ .

Die Form der Federmappe ist ____________________

____

____

____

____

____

____

____

____

Viele Grüße ____________________

Ihr/e ____________________

Wortschatz

- ist so groß wie ...
- ist ... cm lang
- ist rund/oval/eckig/länglich ...
- die Farbe(n) ist/sind ...
- ist gestreift/gepunktet ...
- besteht aus ...
- fühlt sich hart/weich/glatt ... an
- besonders auffällig ist, dass ...
- weitere besondere Merkmale sind ...
- ist in einem guten/abgenutzten Zustand

8 **Zeichne** ein möglichst genaues Bild deiner Federmappe.

9 **Spiele** ein kleines Ratespiel mit der Klasse:
Überprüft, ob eure Beschreibungen genau genug sind.
a) **Sammelt** alle Federmappen auf einem Tisch.
b) **Legt** alle Beschreibungen auf einen Stapel.
c) **Lest** nacheinander eine Beschreibung vom Stapel **laut vor**.
d) **Ratet**, welche Federmappe beschrieben wurde.

10 **Lies** die **Infobox** und gib Tipps zur Verbesserung, wenn die Federmappe nicht gleich erraten wurde.

i Infobox

Eine Gegenstandsbeschreibung verfassen

Eine Gegenstandsbeschreibung ist ein **informierender Text**.
Gegenstände haben einzelne **Merkmale**.
Diese fasst du in **Oberbegriffe** zusammen:
In dieser Reihenfolge kann man die Angaben anordnen:

1. Genaue **Bezeichnung** des Gegenstandes (Federmappe, ...).
2. **Beschreibung** von Form, Größe, Material und anderen **Merkmalen**:
   - **Form** (rund, eckig, länglich ... wie ein Ball)
   - **Größe** (Angaben in mm, cm ... so groß wie eine Streichholzschachtel, ...)
   - **Farbe** (sonnengelb, himmelblau, dunkelrot, grasgrün, ...)
   - **Material** (aus Kunststoff, Metall, Holz, Leder, Porzellan, Stoff, ...)
3. Beschreibung von **Einzelteilen** (auf dem Deckel, am Boden, an der Seite, ...) und **besonderen Kennzeichen** (Name, Verzierung, Kratzer, Riss, ...)

Verwende passende Adjektive und Verben für deine Beschreibung.

Tiere beschreiben

Ella kommt nach der Schule nach Hause. Ihre Schwester Marie hat eine kleine Katze auf dem Arm. Marie hat die Katze im Garten gefunden. Ella und Marie wissen nicht, wem die Katze gehört. Sie fragen alle Nachbarn in der Straße. Aber niemand kennt die kleine Katze. Deshalb schaut Ella im Internet nach. Dort suchen 3 Personen ihre Katze mit einer Suchmeldung. In der Suchmeldung steht, wie die Katze aussieht. Dort steht auch, wo die Katze wohnt.

1 **Lies** die 3 Suchmeldungen, die Ella im Internet gefunden hat.

www.tierverloren.de

1.
- ☐ **Tierart:** Hauskatze
- ☐ **Geschlecht:** männlich
- ☐ **Farbe:** schwarz-weiß, gefleckte Ohren
- ☐ **Fell:** Langhaar
- ☐ **Besondere Merkmale:** trägt ein blaues Halsband, liebt Fisch

2.
- ☐ **Tierart:** Hauskatze
- ☐ **Geschlecht:** weiblich
- ☐ **Farbe:** weiß, ein schwarzes Ohr
- ☐ **Fell:** Kurzhaar
- ☐ **Besondere Merkmale:** hat zwei verschiedene Augenfarben, hört auf ihren Namen Kitty

3.
- ☐ **Tierart:** Hauskatze
- ☐ **Geschlecht:** männlich
- ☐ **Farbe:** schwarz, weiße Schwanzspitze
- ☐ **Fell:** Langhaar
- ☐ **Besondere Merkmale:** ist gechippt, hat Angst vor Fremden

2 Passt eine der Suchmeldungen zur gefundenen Katze? **Sprecht darüber**:

- Welche Merkmale passen zum Bild der Katze?
  Kreuze sie in den Suchmeldungen **an**. ☒
- Welche Informationen helfen euch nicht dabei weiter, die gefundene Katze zu erkennen?

3 Ella und Marie möchten den Besitzer der Katze finden. Sie beschließen, selbst eine Beschreibung zu verfassen.

- **Schau** dir noch einmal das Bild der gefundenen Katze **an**.
- **Fülle** die passenden Merkmale zu den Oberbegriffen in die Tabelle.

Oberbegriff	**Merkmal**
Tierart	
Farbe	
Fell	
Besondere Merkmale	

4 Ella und Marie wollen im Supermarkt eine Beschreibung der Katze aushängen. **Schreibe** die Beschreibung zu Ende. **Nutze** dafür die Tabelle und das Bild. Die **Infobox** hilft dir dabei.

Uns ist eine Katze zugelaufen. Sie ist sehr zutraulich.

So sieht die Katze aus: Die Katze ist ______________________________

____

____

____

Infobox

Eine Tierbeschreibung verfassen

Eine genaue Tierbeschreibung ist **eindeutig**. Du brauchst dafür:

1. eine genaue **Bezeichnung** des Tiers (Katze, Hund, ...),
2. eine genaue Beschreibung der **äußeren Merkmale**, wie **Größe** (Angaben in mm, cm, so groß wie, ...), **Farbe** (dunkelbraun, schwarz und weiß gefleckt), **Fell** (langhaarig, kurzhaarig, glatt, struppig),
3. eine Beschreibung des **Geschlechts** (männlich/weiblich),
4. eine Beschreibung von **besonderen Merkmalen** (Halsband, Ohrmarke, ...).

Sich beim Beschreiben genau ausdrücken

1 Mit Adjektiven lassen sich Dinge genauer beschreiben.
a) **Schau** dir das Bild mit dem Chamäleon genau **an**.
b) **Lies** die Sätze A – E.
c) Entscheide, welches Adjektiv am besten passt.
Streiche die unpassenden Adjektive **durch**.

A) Die Füße und Hände des Chamäleons sind **riesige/kleine** Greifzangen.
B) Die Haut des Chamäleons ist **einfarbig/mehrfarbig**.
C) Auf der Haut sieht man **runde/sternförmige/quadratische** Schuppen.
D) Der Greifschwanz eines Chamäleons ist durchschnittlich 10 bis 12 cm **hoch/lang**.
E) Die Zunge des Chamäleons ist **kurz/gespalten/lang**.

Genaue Angaben zu Farben helfen dir bei einer Beschreibung.
Häufig stammen die Namen für Farbadjektive aus der Natur.

Gras +
grün

grasgrün

2 **Verbinde** die Begriffe und Farbkleckse mit dem passenden Adjektiv.

Sonne +	kirschrot
Himmel +	olivgrün
Haselnuss +	sonnengelb
Kirsche +	blutrot
Blut +	himmelblau
Olive +	haselnussbraun

3 **Überlege** dir ein Farbadjektiv mit einem Namen aus der Natur. **Sprecht darüber**.

Selbst beschreiben

Viele Kinder und Jugendbücher, Comics und Anime gibt es als Hörbücher. Häufig gibt es in Büchern auch Bilder, damit man sich die Figuren in den Geschichten besser vorstellen kann.

1. **Schau** dir das abgebildete Tier und den Gegenstand genau **an**.

2. **Beschreibe** das Tier für ein Kind, das die Zeichnung nicht sehen kann.

Fülle die Lücken mit den passenden Wörtern. Der **Wortschatz** hilft dir dabei.

Dieses besondere Tier ist eine Art *Katze* ________ . Es ist etwa ________ cm groß. Sein Fell ist ____________ und hat die Farben ________ und ________. Das Fell hat ein Muster. Es ist ____________ . Der Mund des Tiers ist sehr ____________ und die Zähne sind ____________. Das Tier sieht aus, als würde es ____________. Das kleine Tier ____________ auf dem Fußball.

Wortschatz
spitz Katze lila 30 gestreift breit
sitzt lachen blau struppig

3. Beschreibe nun den Gegenstand. Kreuze die richtigen Aussagen an.

Der Gegenstand ist ein/e ☐ Ballon ☐ Kugel ☒ Ball.
Der Gegenstand ist ca. ☐ 30 cm ☐ 500 m ☐ 10 mm hoch.
Die Form des Gegenstands ist ☐ rund ☐ oval ☐ länglich.
Die Farben sind ☐ schwarz-grau ☐ weiß-rot ☐ weiß-grau.
Der Gegenstand befindet sich ☐ neben ☐ unter ☐ über dem Tier.

4. **Prüfe**, ob das Tier und der Gegenstand genau beschrieben sind.
Die **Checkliste** auf Seite 121 hilft dir dabei.

5 **Schreibe** eigene Sätze zu den 3 Wörtern. Der **Wortschatz** hilft dir dabei.

Ohren:

Augen:

Schwanz:

Wortschatz

Ohren:	Augen:	Schwanz:
• spitz	• leuchten/funkeln	• gekringelt
• stehen hoch	• schlitzförmig	• gestreift
• dreieckige Form	• Pupillen	• gebogen

Genaues Beschreiben

Checkliste

- Hast du beim **Tier** zuerst die genaue **Bezeichnung der Art** genannt (Katze, Dackel, ...)?
- Hast du beim **Gegenstand** zuerst seine **genaue Bezeichnung** genannt (Ball, Zauberstab, ...)?
- Beschreibst du die **äußeren Merkmale** (Größe, Form, Farbe, Material, Beschaffenheit oder Haut/Fell, ...)?
- Gehst du zum Schluss auf **besondere Merkmale** und **Einzelheiten** ein?
- Nutzt du passende **Adjektive**, **Fachwörter** und **Verben**, um möglichst genau zu beschreiben?

Geschichten erfinden

1 a) **Schaut** euch den Geschichtenanfang **an**.

b) **Sprecht** über eure Einrücke:

- Was könnt ihr alles in den ersten Sätzen und im Bild erkennen?
- Wie gefallen euch eure Entdeckungen?

2 Sicher wollt ihr erfahren, was Tim nun passiert.
Sprecht über eure Ideen, wie die Geschichte weitergeht.

3 Eine Schülerin hat die Geschichte verfasst.
Sprecht über die folgenden Fragen:

- Habt ihr selbst schon Geschichten geschrieben?
- Welche Ideen habt ihr für eigene Geschichten?
- Was gefällt euch an Geschichten besonders (Orte, Figuren, ...)?
- Was macht dir beim Schreiben Spaß?

Baustein: Figuren gestalten

WES-127931-123

1 Ihr lernt hier 3 interessante Figuren kennen. **Lest** die Textauszüge.

A Die **graue Gestalt** war unter dem **weiten Mantel** schlecht zu sehen. Das Gesicht war unter der **großen Kapuze** versteckt, der **Rücken kerzengerade.** Die Hände steckten in **dreckigen Lederhandschuhen**.
B Merle lehnte **lässig** an der Mauer. Sie **ließ Kaugummiblasen zerplatzen**, während der Wind in ihre Haare wehte. Im nächsten Moment **formte** sie einfach so ihre **Lippen zu einem Pfiff**. Alle hatten ein wenig Angst.
C Amir war ein ganz **normaler Junge**. Er war Durchschnitt in vielen Dingen. Zum Beispiel im **Ehrgeiz**, in der **Sportlichkeit** und im **Selbstbewusstsein**. Aber eine Sache war bei ihm **außergewöhnlich**: Er war sehr **neugierig**, **mutig** und **abenteuerlustig**.

2 Welche Figuren findet ihr interessant? Warum? **Sprecht darüber**.

3 **Untersuche** die 3 Figuren mit diesen Fragen **genauer**. Die **Infobox** hilft dir dabei. **Schreibe** den passenden Buchstaben in das Kästchen.
- Bei welcher Figur konntet ihr euch **das Aussehen** richtig gut vorstellen? ☐
- Von welcher Figur kennt ihr **das Verhalten** schon recht gut? ☐
- Von welcher Figur kennt ihr **die Eigenschaften** schon ziemlich genau? ☐

4 Markiere mit 3 unterschiedlichen Farben, was die Figuren so anschaulich macht.
- Text A **Wörter**, die das **Aussehen** beschreiben.
- Text B **Wörter**, die das **Verhalten** verdeutlichen.
- Text C **Wörter**, die die **Eigenschaften** aufzeigen.

Figuren anschaulich gestalten

Infobox

Figuren sind **Menschen**, **Gegenstände** oder **Tiere**, die in einer Geschichte vorkommen. Du kannst sie anschaulich gestalten:
- **Aussehen:** Wie sieht die Figur aus? Was trägt sie? Körperteile, Kleidung, Gegenstände, Farben, Formen (lange, braune Locken, ...)
- **Verhalten:** Was tut die Figur? Welche Hobbys hat sie? Was denken andere über sie? Wie verhält sie sich? (hilft oft anderen, ...)
- **Eigenschaften** (Charakter): Was kann eine Figur gut? Was ist ihr wichtig? Was mag sie? Wie fühlt sie sich? (mutig, ängstlich, ...)

5 a) **Schaut** euch die Figuren **an.**

b) **Sprecht** über die Fragen:
- Was ist an der Figur besonders? Über welche Figur würdest du gerne schreiben?
- Welche anderen interessanten Figuren gibt es?

6 **Plane** eine der Figuren. **Schreibe** einen Steckbrief. Der **Wortschatz** hilft dir dabei.

Name: ______________________

Aussehen: ______________________

Verhalten: ______________________

Eigenschaften: ______________________

Wortschatz

Aussehen:	**Verhalten:**	**Eigenschaften:**
• lockige Haare	• respektvoll	• cool
• schmale Ohren	• freundlich	• flippig
• kräftiger Rücken	• mysteriös	• langweilig
• weite Jogginghose	• neugierig	• interessiert an Computern
• gestreifte Schuhe	• interessiert	• Sportskanone
• karierter Umhang		• Musikgenie
• glitzernde Flügel		• Computernerd
		• unordentlich

Baustein: Schauplätze gestalten

WES-127931-125

1 Jede Geschichte braucht meist einen Ort. **Lest** euch die Abschnitte A – C **vor.**

A Es **roch nach Erde** und nach **stinkendem Müll**. An der Brücke lagen **leere Dosen** herum. Hinten an den Gleisen war ein **veschmierter Zugwagon**. Das Licht von der Laterne machte **einen Schatten** auf die Gestalt. Die **Stille** war **unangenehm**. **Nichts** hat **sich bewegt.**

B Der Fund von Amir war riesig: Die **verlassene Villa** stand mitten in einem **ungepflegten Garten**. Im Haus waren Bilder an der Wand. Sie haben **alt gerochen**. Amir stolperte öfters über den **alten Holzboden**. Bei jedem Schritt **knackte das Holz**.

C Vor der **Essensausgabe** war eine lange Schlange. Ein einziger **Tisch** war noch **frei** in der Mitte vom Saal. Merle spürte einen **leichten Wind**. Sie konnte **Fisch und Kartoffeln riechen**. Das **Besteck klapperte**.
Das Klappern war lauter als alle Gespräche.

2 **Sprecht** über die Orte. Der **Wortschatz** hilft euch dabei.

- Wo sind die Figuren? Gefällt euch ein Ort besonders?
- Welche Orte konntet ihr euch gut vorstellen? Wie wirken sie?

Wortschatz

aufregend heiter hektisch gefährlich langweilig
lebendig traurig ungemütlich unheimlich verträumt

3 **Fülle** die Tabelle mit deinen Sinneseindrücken zu den Schauplätzen.
Die **Infobox** auf Seite 126 hilft dir dabei.

	Auge	Ohr	Nase	Hand
an der Brücke (A)	*leere Dosen*	*unangenehme Stille*	*roch nach Erde*	*nichts bewegt sich*
die Villa (B)				
im Essenssaal (C)				

4 **Schaut** euch die Bilder gemeinsam **an.**

- Welchen Ort würdet ihr für die Geschichte auswählen? Warum? **Sprecht darüber.**

5 **Wähle** deinen Schauplatz aus den Bildern oben und erwecke ihn zum Leben.
Fülle die Lücken. Der **Wortschatz** hilft dir dabei.

Wortschatz			
Sehen:	**Hören:**	**Riechen:**	**Fühlen:**
• Taucherbrillen	• grollen	• rauchig	• glatt
• Kinderkarussell	• schweigen	• muffig	• nass
• Grotte	• quietschen	• Autoabgase	• kalt
• leuchtende Höhle	• rascheln	• Popcorn	• feuchte Luft
• schwebende Autos		• Zuckerwatte	• trocken
			• schwirrende Luft

Amir öffnete die Tür und blickte sich vorsichtig um. Vor ihm eröffnete

sich eine ganz neue Welt. Er betrat ______________________________

(Schauplatz). Amir **sah** ______________________________.

Dann **hörte** Amir plötzlich ______________________________.

Auf einmal **roch** es ______________________________.

Amir **fühlte** ______________________________.

i
Infobox

Schauplätze wirkungsvoll gestalten

Schauplätze sind die **Orte des Geschehens** (dein eigenes Zimmer, ein ferner Ort, ...)

- **Sinneseindrücke beschreiben** den Schauplatz: Was kann man dort sehen, hören, riechen und fühlen?
- **Stimmungen** kann man **durch anschauliche Adjektive** erzeugen (knackende Bäume wirken unheimlich).

Baustein: Ereignisse gestalten

WES-127931-127

1 **Lest** diese Auszüge der Geschichten.

A Der Zug wurde immer schneller. Eine dunkle Gestalt sprang auf den fahrenden Zug. Die Gestalt rollte sich auf den Rücken. Da erst bemerkte jemand, was passiert ist: **Halt!** …

B Amir blätterte das alte Buch auf. Da passierte **etwas Sonderbares**. Die Seiten haben plötzlich wie eine Lampe geleuchtet. Die Wörter und Sätze auf den Seiten flogen wie Glühwürmchen über das Papier. **Aber ganz sonderbar** war …

C Sie war am Morgen spät dran auf dem Weg zur Schule. Das war jeden Tag so. Merle war nachdenklich und gab nicht auf die Umgebung acht. Doch dann kam **plötzlich** ein Geräusch aus dem Gebüsch. Sie hörte gut hin: Ein Flüstern …

2 **Lest** erst die unterstrichenen Sätze. **Lest** dann die markierten Sätze. Was lösen sie in euch aus? **Sprecht darüber.**

3 a) **Schaut** euch die fett markierten Wörter in den Geschichten genauer **an**. **Lest** die **Infobox**.

b) **Füllt** die Lücke mit dem richtigen Wort aus der **Infobox**.
Bei den markierten Wörtern handelt es sich um ______________________

c) Welche anschaulichen Verben kommen im Text vor? **Kreuze** diese **an**:

☐ hörte hin	☐ passierte	☐ sprang auf
☐ rief	☐ schwebte	☐ flogen
☐ geleuchtet	☐ rollte sich	☐ schwamm

Ereignisse ausgestalten

i Infobox

Ereignisse sind **wichtige Vorfälle** in Geschichten. Diese können **spannend**, **verrückt** oder **alltäglich** sein.

- **Wecke Interesse durch spannende Formulierungen:** Wörter wie „auf einmal“ zeigen eine Wendung an. Ausrufe wie „Vorsicht!“ kündigen Gefahr an.
- **Nutze anschauliche Verben:** Bildhafte Verben machen die Handlung lebendig und anschaulich (Er sprintete zum Ausgang und flog fast über die Mauer.)

4 **Schaut** euch die Bilder **an**. **Sprecht** über die Fragen:

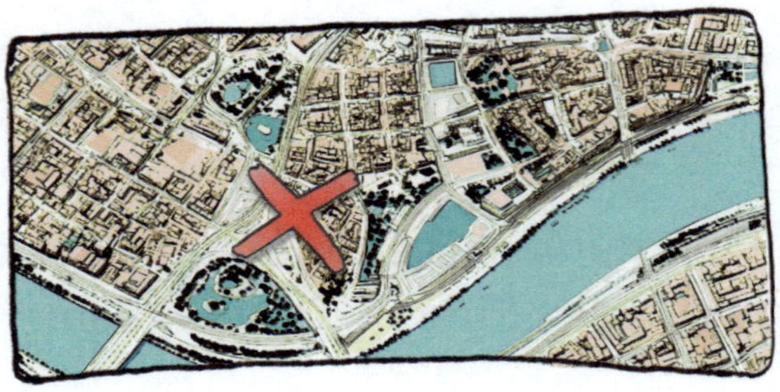

- Zu welchem Bild fällt euch sofort ein erzählenswertes Ereignis ein?
- Welche besonderen Situationen fallen euch selbst noch ein?

5 **Wähle** eines der beiden Bilder aus. **Schreibe** deine Antwort auf die Linien.

Was genau passiert? ____________________

____

Wer ist beteiligt? ____________________

____

Wo passiert es? ____________________

____

6 **Schreibe** zu deinem Bild die Geschichte **weiter**. Der **Wortschatz** hilft dir dabei.

Bild ☐: ____________________

____

____

Wortschatz	
spannende Formulierungen: auf einmal in diesem Moment in Sekunden jedoch plötzlich sofort Stopp! Toll! Wahnsinn! Super!	**bildhafte Verben:** in Luft auflösen wispern rasen verdüstern kichern knarren krachen kreischen schimmern schleichen sprinten schweben landen

Eine eigene Geschichte schreiben

Nutze nun alle Bausteine zum Schreiben der Geschichte.

1 **Lies** die Papierschnipsel A, B, C.

Figuren	Schauplätze	Ereignisse
A Am liebsten war der unordentliche und neugierige Professor Knatterwitz am Tag allein in seinem Labor. Er hatte ein kaputtes Shirt und eine alte Jeans an.	B Im Labor roch es muffig. Sonnenstrahlen tanzten und fielen durch die bunten Glasfenster. Sie erzeugten Muster auf dem Boden.	C Plötzlich bewegte sich das Ei im Wasserbecken. Ein leises Summen breitete sich im ganzen Raum aus. Da schoss ein erster Riss durch die Schale.

2 **Fülle** die Lücken mithilfe der **Papierschnipsel** und dem **Wortschatz** auf Seite 124.

Eine Entdeckung aus *dem Wasserbecken* ______ — **(1) Titel/Überschrift**

Professor Knatterwitz war gerne jeden Tag allein in seinem ____________________. Hier konnte er mit Kakao kleckern. Oder etwas Verrücktes erfinden.

(2) Ort: Wo? Was sieht man? Was riecht man? Was fühlt man?

Im Labor roch es ____________. In der Ecke lag ein Ei im ____________________.

Der alte Professor war sehr aufgeregt.

„Heute ist der Tag!“, flüsterte er.

Der alte Mann war ____________________.

Er hatte ein ________________ und eine ______________ an.

(3) Figur: Wie sieht der Professor aus? Wie verhält er sich? Wie sind seine Eigenschaften?

Das Ei bewegte sich im Wasserbecken. Die Eierschale brach auf. Ein Riss ______________________.

Ein kleines Tier kam heraus. Es hatte

______________ Flügel. Besonders interessant waren ____________________

Das Tier schüttelte

____________________________________.

„____________________!“, rief der Professor erstaunt. Doch das Tier flog

________________________________ los.

Es dauerte sehr lange, bis das Tier wieder im Wasserbecken ______________ . Und der Professor stand da und dachte: „______________________!“

(4) Ereignis: Welche Spannungswörter eignen sich? Welche bildlichen Verben?

(5) Figur: Wie sieht das Wesen aus? Wie verhält es sich? Wie sind seine Eigenschaften?

(6) Ereignis: spannende Formulierungen, bildliche Verben

3 **Überprüfe** deine Geschichte mit der **Checkliste**.
Überarbeite deinen Text.

Checkliste

- Hast du eine **interessante Figur** gefunden?
- Hast du das **Aussehen**, das **Verhalten** und die **Eigenschaften** der Figur anschaulich gestaltet?
- Hast du den **Ort des Geschenhens** (Schauplatz) mit **Sinneseindrücken** (sehen/hören/riechen/ fühlen) und mit **passenden Adjektiven** genau beschrieben?
- Hast du die **Ereignisse** genau beschrieben?
- Hast du das **Interesse** beim Leser **geweckt** (plötzlich/ auf einmal)?
- Hast du **anschauliche Verben** benutzt (schweben/flüstern)?

Wörter richtig schreiben

WES-127931-131

1 **Hört** euch die Sprechblasen **an**.
Vor welchem Problem stehen Ayla, Matteo und Ella?

2 Eine Frage gehört zu einer Antwort. **Ordnet** sie **zu**. **Sprecht darüber**.

3 **Sprecht** über die folgenden Fragen:
- An welchen Stellen sind die Kinder unsicher?
- Welche Tipps kannst du für eine richtige Schreibung geben?

4 3 Wörter werden hier besprochen.
a) **Schreibe** sie richtig auf.

---

b) **Unterstreiche** die schwierigen Stellen.

5 Bei welchen Wörtern seid ihr euch unsicher? **Sprecht darüber**.

Schreibsilben kennenlernen

Jedes Wort hat einen Aufbau. Hier schauen wir uns den Wortaufbau genauer an.

1 **Schau** dir die folgenden Wörter **an**.

A die Tü | ren	ha | ben	der Len | ker
B der Re | gen	grü | ner	die Stu | fe
C schö | ne	die Am | sel	su | chen

2 Einige Buchstaben sind rot und andere Buchstaben sind blau. Warum ist das so? **Sprich darüber**.

3 **Lies** die **Infobox**. **Vergleiche** mit deinen Gründen.

In jedem Wort steht ein Trennstrich. Er trennt die Silben.

4 **Lies** die Wörter aus Aufgabe 1 mit einem Partner **laut**.

a) **Mache** am Trennstrich eine Pause.
b) **Zähle** die roten Buchstaben in jedem Wort. Das sind die Vokale.
c) **Zähle** die blauen Buchstaben. Das sind die Konsonanten.
Erkennst du einen Unterschied?

5 Findest du das passende Wort?

a) **Schau** dir die 3 Bilder **an**.
b) **Verändere** nur die erste Schreibsilbe. **Fülle** die Buchstaben in die Lücken.

R______be

R______be

R______be

Infobox

Schreibsilben, Vokale und Konsonanten

Wörter bestehen aus **Silben**. In geschriebenen Wörtern hat **jede Silbe** mindestens **einen Vokal**. Dazu kommen verschiedene **Konsonanten**.

Diese Buchstaben für Vokale gibt es im Deutschen: a, e, i, o, u (ä, ö, ü)
Diese Buchstaben für Konsonanten gibt es im Deutschen:
b, c, d, f, g, h, j, k, l, m, n, p, qu, r, s, t, v, w, x, y, z, ß.

Schreibsilben untersuchen

Wörter mit zwei Silben helfen uns am besten,
Wörter richtig zu sprechen und zu schreiben.

1 **Lies** die 4 Wörter laut und deutlich.

ha | ben [1] [2]   hal | ten [ ] [ ]   (die) Hu | pe [ ] [ ]   (die) Tul | pe [ ] [ ]

2 **Nummeriere** die Silben, die mit einem Vokal enden, mit einer 1.
Nummeriere die Silben, die mit einem Konsonanten enden, mit einer 2.

3 **Lies** die folgenden Wörter **laut**. Achte auf die Aussprache der langen Vokale.
Die **Infobox** hilft dir dabei.

le | ben [o] [g]   len | ken [ ] [ ]   der La | den [ ] [ ]   der Ku | chen [ ] [ ]   den | ken [ ] [ ]

a) **Ordne** die offenen (o) Silben und geschlossenen (g) Silben in den Kästchen **zu**.
b) **Setze** Silbenbögen.
c) **Unterstreiche** die langen Vokale.

4 **Verbinde** jeweils 2 Silben zu sinnvollen Wörtern.

grü   peln   ten   chen   brau   hen   den   hum   se   tre
kau   fen   mel   ßen   hel   sen   lö   fen

5 **Schreibe** die Wörter richtig auf.

grüßen, ____________________

Schreibsilben untersuchen

Infobox

A Zweisilbige Wörter nennen wir auch **Schlüsselwörter**.
In diesen Schlüsselwörtern ist die **erste Silbe** immer **betont**.
Die **zweite Silbe** enthält immer den Vokal **e**.
Sie beginnt fast immer mit einem Konsonanten.

B **Silbenbögen** zeigen das **Ende der ersten Silbe**.

Wörter mit i und ie

1 a) **Lies** die Sätze laut und deutlich.

FLIEGEN LIEBEN PILZE.
ZIEGEN SPRINGEN STIEGEN HOCH.
KINDER SINGEN LIEDER.
TIERE FRIEREN IM WINTER.

b) **Schreibe** die markierten Wörter ab.

Fliegen ____________ ____________ ____________

____________ ____________ ____________

____________ ____________ ____________

____________ ____________ ____________

c) **Setze** Silbenbögen.

d) Kurzes oder langes i? **Vergleiche** dein Ergebnis mit der **Infobox**.

2 In einigen Wörtern fehlt ein i oder ie. **Fülle** die Lücken im Text.

Unsere Wälder b*ie*ten v____len Pflanzen und T____ren einen Lebensraum. Unter Eichen, K____fern, F____chten und B____rken f____ndet man P____lze und Moose. Im Boden leben v____le Insekten. Hoch oben im Baum n____sten Vögel. Von hier aus fl____gen sie los.

3 a) **Schreibe** die 3 Wörter auf. **Erkläre** ihre Schreibweise.

____________ ____________ ____________

i Infobox

Wörter mit i und ie

Ein **lang gesprochenes i** schreibst du meist mit **ie**: biegen, liegen. Dann ist die Silbe **offen**. Bei einer **geschlossenen Silbe** schreibst du **i**: finden, sinken. Es gibt wenige **Ausnahmen**. Das sind **Merkwörter**: der Tiger, die Mine, die Bibel, der Liter, der Titel, der Igel, die Brise.

Wörter mit doppelten Konsonantenbuchstaben

WES-127931-135

1 **Hör** dir die Wörter **an**.

die Hüte, die Qualen, beten, raten, die Hasen, die Schalen
die Hütte, die Quallen, die Betten, die Ratten, hassen, schallen

a) **Lies** die Wörter **laut**.
b) Kennst du alle Wörter? **Suche** unbekannte Wörter im Wörterbuch.

2 2 Wörter gehören zusammen.
a) **Schreibe** die Wortpaare auf.

beten – die Betten, ____________________

____

b) **Lies** die Wortpaare laut mit einem Partner.
c) **Unterstreicht** die Unterschiede der Aussprache in den Wortpaaren.
d) **Überprüft** eure Markierungen mit der **Infobox**.

3 Ella hat in ihr Tagebuch geschrieben.
Fülle die Lücken der Wörter mit der richtigen Anzahl an Konsonanten.

Liebes Tagebuch,
heute ha *tt* e ich länger Schule. Es regnete sehr stark.
Ich mu ____ te nach Hause re ____ en.
Ich kam mit na ____ en Sachen an.
Das mit dem We ____ er hä ____ e ich wi ____ en kö ____ en.

4 **Finde** das Wort, das nicht zu den anderen in der Reihe passt. **Streiche** es **durch**.

~~senden~~, summen, kennen
treffen, die Schiffe, der Ofen
die Hütte, die Ratte, raten
die Halle, holen, wollen

Doppelkonsonanten

Infobox

Vor doppelten Konsonanten werden Vokale immer kurz ausgesprochen. Merke also für deine Aussprache: Doppelkonsonanten nach kurzem Vokal – einfacher Konsonant nach langem Vokal.

Wörter mit ck und tz als Silbengelenk

Normalerweise schreiben wir kein kk oder zz. Wir sprechen ck wie k und tz wie z. Beide Laute sprechen wir immer kurz.

1 **Bilde** passende Reimwörter.
a) **Fülle** die Lücken in den Wörtern.
b) **Unterstreiche** den kurzen Vokal in jedem Wort.

die Glocke – die Socke – die Flo*cke*___ – die Lo______

die Blitze – die Si______ – die Hi______ – die Spi______

2 k oder ck? Die **Infobox** hilft dir dabei.
a) **Fülle** die Lücken in den Wörtern.
b) **Unterstreiche** den kurzen Vokal in den Wörtern.

die Bän*k*___e – der Len____er – le____er– schme____en –der Mus____el –

dun____el – der En____el – pi____en – der Rü____en – das Be____en –

3 z oder tz? Die **Infobox** hilft dir dabei.
a) **Fülle** die Lücken in den Wörtern.
b) **Unterstreiche** den kurzen Vokal in den Wörtern.

die Spi*tz*___e – die Her____en – die Schmer____en – si____en – schwi____en –

ri____en – glän____en – kra____en – die Wi____e – kür____en –

4 **Finde** verwandte Wörter für backen. **Fülle** die Lücken.

backen — der *Bäcker*____ — ich habe ________

Wörter mit ck und tz

Infobox

Wir schreiben immer ck wie in **stecken** oder **die Socke**. Wir schreiben tz wie in **schwitzen** oder **die Witze**.
Einige **Wörter** schreibst du mit **kk** oder **zz**. Das sind **Fremdwörter**.
Du musst sie lernen, z. B. der Akku, die Pizza, die Skizze.

Rechtschreibstrategien: Schlüsselwörter bilden

Die Kinder haben die Wörter verlängert.

1 **Schau** dir die verlängerten Wörter **an**.

die Burg → viele Burg**en**
In Burgen hört und spricht man das g deutlich.
Deshalb wird Burg mit g geschrieben.

er rennt → wir renn**en**
In rennen hat die erste Silbe einen kurzen Vokal. Deshalb muss das n verdoppelt werden.

2 **Suche** das Schlüsselwort. Die **Infobox** hilft dir dabei.
Unterstreiche die richtige Schreibweise.

der Walt / der Wald   kallt / kalt   er rollt / er rolt   gelp / gelb

die Wälder ______   ______   ______   ______

3 **Lies** den Satz **laut**.

Aus Rad werden Räder, aus trägt wird tragen, aus billig wird billiger.

4 **Fülle** die Lücken in den Sätzen.

Aus Rad mache ich Räder, aus Ba*d*___ mache ich Bäder.
Aus trä____t mache ich tragen, aus fra____t mache ich fragen.
Aus ja____t mache ich jagen, aus schlä____t mache ich schlagen.
Aus wil____ mache ich wilder, aus Bil____ mache ich Bilder.
Aus blin____ mache ich blinde, aus Win____ mache ich Winde.
Aus Lo____ mache ich loben, aus to____t mache ich toben.

Rechtschreibstrategie: Schlüsselwörter bilden

Infobox

Gut aufpassen muss man bei Wörtern mit b, d oder g am Ende.
Man hört oft p, t oder k.
So findest du die Schlüsselwörter:

- Bei **Nomen**: Bilde die **Mehrzahl** der Nomen, der Zwer**g** – viele Zwer**g**e.
- Bei **Verben**: Bilde die **Wir-Form** der Verben, ich brin**g**e – wir brin**g**en.
- Bei **Adjektiven**: Bilde die erste **Steigerung**, gel**b** – gel**b**er.

Rechtschreibstrategien: Wörter zerlegen und Schlüsselwörter bilden

Viele Wörter bestehen aus mehreren Wörtern. Du kannst sie zerlegen.
Dadurch erkennst du die richtige Schreibweise.

1 **Lies** die folgenden Wörter laut. **Zerlege** sie.

das Rollfeld das Rennpferd

das Rollfeld: *rollen* ______ + das ______ → ______ + die ______

das Rennpferd: ______ + das ______ → das ______ + die ______

2 Im Text gibt es 6 Rechtschreibfehler.
a) **Unterstreiche** die falschen Wörter.
b) **Schreibe** die Wörter richtig auf. Zerlege oder verlängere die Wörter.

Matteo berichtet von seinem Urlaub.

Im Sommer waren wir an der Ostsee. Ich habe blizschnell einen Freund gefunden, mit dem ich am Wasser spielen konte. Wir haben jeden Tag eine neue Burk gebaut. Unsere Eltern haben im Strantkorp gesessen und gelesen. Aber ins Wasser sind alle mitgekomen und haben mit uns getopt.

blitzschnell: der Blitz + schnell, ______

______

______

i Infobox

Rechtschreibstrategie: Wörter zerlegen und Schlüsselwörter bilden

Schritt 1: **Zerlegen**
Zerlege das Wort in seine Bestandteile. Der Glasrand:
das Glas + der Rand, das Schwimmbad: schwimm + das Bad

Schritt 2: **Schlüsselwörter bilden**
Bilde das zweisilbige Wort dazu. Das Glas → die Gläser,
der Rand → die Ränder

Rechtschreibstrategie: Wörter mit ä und äu ableiten

Wenn du nicht weißt, ob ein Wort mit äu/eu oder ä/e geschrieben wird, helfen dir meist die Verwandten des Wortes weiter.

1 **Fülle** die Lücke in den Wörtern mit ä oder äu. Die **Infobox** hilft dir dabei.

die R_äu_ber – l____nger – r____chen – ____lter

z____hlen – die Str____cher – tr____men – k____lter

2 Warum schreibt man die Wörter aus Aufgabe 1 mit ä oder äu? **Sprich darüber**.

3 **Übe** nun das Ableiten für ä/äu und oder e/eu.
Fülle die Lücke in den Wörtern richtig.

die B_ä_der – die Z____hen – die ____le –

die Kr____ter – die B____nke – die K____sten

die ____pfel – gl____nzen – der Z____ge – h____te –

der L____fer – f____rben – ____ndern

Rechtschreibstrategie: Ableiten bei Wörtern mit ä/äu

Infobox

Besonders einsilbige Wörter helfen dir beim **Ableiten**.
Sie haben **einen Verwandten**.
Enthält das Wort ein **a/au**, schreibst du immer **ä/äu**.

l**ä**nger mit **ä** → l**a**ng	das H**ä**schen mit **ä** → der H**a**se
die B**ä**nke mit **ä** → die B**a**nk	r**äu**chern mit **äu** → der R**au**ch

Einige Wörter haben **keine passenden Verwandten**. Das sind **Merkwörter**. Merke sie dir (Kerze, Beule, heute, ...).

Manche **Wörter mit ä/äu** haben **keinen Verwandten** mit a/au. Das sind auch **Merkwörter** (der Bär, das Knäuel, krähen, der Käfer, der Käse, die Säge, die Säule, die Träne, ...).

Wörter mit s, ß und ss

1 **Lies** die Wörter.
Fülle die Wörter in die richtige Spalte in der Tabelle.

die Sträuße – der Besen – die Reise – große – der Esel – stoßen – die Grüße – gruseln – spaßen – die Spieße – die Wiese – rasen

Wörter mit s	Wörter mit ß
der Besen	die Sträuße
die Reise	

2 **Fülle** die Lücken mit -se oder -ße. Die **Infobox** hilft dir dabei.

die Bla*se*__ – die Blu____ – die Flie____ – der Kä____ – der Rie____ – die Grü____ – die Klö____ – die Fü____ – die Ro____ – die Wie____ – die Sträu____ – die Spä____ – die Dü____

3 a) **Lies** den Text.
b) Markiere die Wörter mit ss.

Mehr als eine Nase
Elefanten benutzen ihren Rüssel wie ein Werkzeug. Er hilft ihnen beim Fressen. Mit ihm können sie Gräser aus dem Boden reißen und bis zu 10 Liter Wasser aufsaugen. Mit seiner Hilfe können die grauen Riesen Staub als Schutzschicht auf ihren Rücken befördern. Bei Gefahr stoßen sie mit ihrem Rüssel Warntöne aus. Junge Elefanten müssen das alles noch lernen.

4 **Sprich darüber**, wie sich die Wörter mit s, ss und ß unterscheiden.

i Infobox

Wann schreibst du s, ss und wann ß?

Sprich einen **gesummten s-Laut** wie Nase oder reisen. Schreibe s.
Sprich einen **zischenden s-Laut** wie Füße oder gießen? Schreibe **ß**.
Vor einem ß sprichst du den **Vokal immer lang**.
Sprich einen **kurzen Vokal.** Schreibe **ss**, z. B. müssen oder lassen.

Wörter mit silbentrennendem h

Das silbentrennendes h trennt 2 Silben. Deshalb steht es immer auch zwischen 2 Silben. Und es steht immer zwischen 2 Vokalen.

1 **Lies** die Wörter **laut**. Achte auf das Ende der ersten Silbe.
Markiere das h und setze die Silbenbogen.

stehen – gehen – fliehen – sehen – die Reihe –

die Ruhe - blühen – drehen – die Höhe

2 **Bilde** aus den Verben der Aufgabe 1 die 3. Person Einzahl. **Fülle** sie in die Lücken. Die **Infobox** hilft dir dabei.

stehen → sie steht ____ sehen → ____

gehen → er ____ blühen → ____

fliehen → ____ drehen → ____

3 **Fülle** die Lücken im Text.

Am Meer we_h_t ein frischer Wind. Das Ge___en
ist oft mü___sam. Es gibt sehr viele ho___e Wellen.
Se___t ihr diese, müsst ihr schnell an den Strand flie___en.
Sonst werdet ihr nass!

Wörter mit silbentrennendem h

Infobox

- Es gibt **Wörter** mit **offener Silbe**, in denen die **zweite Silbe** mit dem **Buchstaben h** beginnt. Das **h sprichst du nicht** und **hörst** es **nicht** (stehen, gehen, sehen, ziehen, die Ruhe, die Reihe, ...).
- Das ist **auch** bei allen Wörtern der **Wortfamilie** so: drehen → das Drehkreuz ...
- Bei **einsilbigen Wörtern** kann dir das **zweisilbige Schlüsselwort** helfen: der Schuh → Schuhe
- **Wörter mit äu, au oder eu** haben **nie** ein **silbentrennendes h**: bauen, das Knäuel, teuer.
- Es gibt Wörter, die ein **Dehnungs-h** haben. Das sind **Merkwörter** (Wahl, ohne, Ohren, sehr, ...). Hier hörst du das h auch nicht.

Schulbuch S. 202

Rechtschreibstrategie: Wörter mit aa, ee und oo merken M

1 **Lies** die Wörter.
a) Was fällt dir auf? **Sprich darüber**.
b) Markiere die Doppelvokale.

der Aal – die Seele – das Moos – die Paare – die Meere – das Moor – die Haare – das Boot – die Beere – die Waage – der Staat – der Schnee – der Zoo – der Tee – die Saat – die Fee

2 aa, ee oder oo? **Ordne** die Wörter in die richtige Spalte in der Tabelle **zu**.

aa	ee	oo
der Aal		

3 **Finde** zu den folgenden Wörtern je ein verwandtes Wort. **Schreibe** sie **auf**.

Beispiel: das Moos → moosgrün

das Paar → ____________

das Meer → ____________

das Haar → ____________

der Schnee → ____________

i Infobox

Rechtschreibstrategie: Sich Wörter mit aa, ee und oo merken M

Wörter mit doppelten Vokalen gibt es im Deutschen nur sehr selten. Du musst dir ihre Schreibung merken.

Worttrennung am Zeilenende

1 **Lies** den Text.

Sprich mit einem Partner über den Text. Macht Verbesserungsvorschläge.

2 **Schreibe** den Text ab. **Nutze** dabei die Zeilen. Nutze eure Verbesserungsvorschläge. Achte auf einen freien Rand.

Dort schwamm im Krokodilbecken
ein riesiges Krokodil herum.
In der großen Unterwasseranlage
konnten wir Fische beobachten,
die wir noch nie geseten haben.

3 **Setze** die Trennstriche in den Wörtern. Die **Infobox** hilft dir dabei.

der Regenwurm – verraten – die Nachttischlampe – merkwürdig – der Sonnenschirmständer – der Gehwegpflasterstein – die Fröhlichkeit – umbauen – das Geheimversteck

der Re-gen-wurm

Die Worttrennung am Zeilenende

Infobox

Wörter aus **mehreren Silben** kannst du am Zeilenende trennen.
Das geht so:

- ein **Konsonant zwischen zwei Vokalen**: Trenne so: glau-ben
- **mehrere Konsonanten** zwischen zwei Vokalen: Trenne die Silbe des **letzten Konsonaten:** rech-**n**en, dunk-**l**e
- **ch, sch oder ck** trenne sie nie: la-chen, mi-schen, ba-cken
- **einzelne Vokale** am Wortanfang oder Wortende trenne nie: die Amei-se

Großschreibung

Lieber Paul,
hier kommt mein Tassenkuchenrezept. Viel damit!
Fette zuerst eine saubere mit ein.
Verrühre fünf Esslöffel , vier Zucker und
ein frisches in der Tasse.
Füge 1/4 Teelöffel hinzu, damit der Teig fluffig wird,
und gieße einen Schuss nach.
Für einen schokoladigen kannst du deinen
mit verfeinern.
Schiebe die Tasse für zwei in eure .
Ich wünsche dir einen guten Appetit!
Deine Oma

Wortschatz

Backpulver Ei Geschmack Kakaopulver Margarine Mehl
Mikrowelle Minuten Öl Spaß Tasse Teelöffel Teig

1 Paul möchte den Kuchen seiner Oma nachbacken. Doch leider sind Teigkleckse auf den Brief gekommen.

a) **Fülle** die Teigkleckse mit den richtigen Wörtern aus dem **Wortschatz**.

b) **Lies** das Rezept mit den eingesetzten Wörtern noch einmal.

2 Alle Wörter aus dem Wortspeicher haben eine gemeinsame Eigenschaft. **Sprich** mit einem Partner **darüber**.

3 Kennst du schon Tricks, mit denen du erkennen kannst, ob ein Wort im Satz großgeschrieben wird?

a) **Sprich** mit einem Partner **darüber**.

b) **Schreibe** die Tricks **auf**.

4 **Schreibe** den Brief mit den richtigen Wörtern aus dem **Wortschatz** in dein Heft. **Unterstreiche** die Wörter (Nomen) aus dem **Wortschatz**.

Nomen an Adjektiven erkennen

1 **Lies** den Text.

Der Verteidiger
Als guter Verteidiger,
als guter, schneller Verteidiger,
als guter, schneller, aufmerksamer Verteidiger
kontrolliere ich den Stürmer.

2 Wieso wird das Wort „Verteidiger" großgeschrieben?
a) **Sprich** mit einem Partner **darüber**.
b) **Schreibt** eure Antwort **auf**.

____

3 Untersuche die Adjektive und das Nomen „Verteidiger".
Was fällt dir an der Reihenfolge der Wörter auf? **Schreibe** deine Antwort **auf**.

____

4 **Fülle** die Lücken des Textes „Der Stürmer" mit den passenden Adjektiven.
Der **Wortschatz** hilft dir dabei.

Der Stürmer

Als Stürmer,

als ______________ Stürmer,

als ______________, ______________ Stürmer

umspiele ich jeden Verteidiger.

Wortschatz
sportlicher
beweglicher
begeisterter

5 **Schreibe** den Text „Der Stürmer" mit den passenden Adjektiven auf ein Extrablatt.

6 **Lies** die **Infobox**.

7 **Lies** die Fußball-Sätze.

Stürmerin Sara verwandelt einen fantastischen Freistoß. Verteidiger Ali schafft eine weite Flanke. Die Teams freuen sich über ein schönes Spiel.

8 **Schau** dir die Adjektive vor den Nomen **an**: Was fällt dir an ihrer Form auf? Die **Infobox** hilft dir dabei.

9 **Schreibe** einen kurzen Text (2 bis 3 Sätze) über eine Sportart deiner Wahl.

a) **Setze** dabei vor mindestens ein Nomen im Satz ein Adjektiv.

b) **Schreibe** den Text auf.

c) **Unterstreiche** die Nomen in deinem Text und **kreise** die Adjektive **ein**. Markiere die Endungen der Adjektive.

i Infobox

Signalwörter: Adjektive und Artikel

- **Nomen** werden **großgeschrieben**.
  Du erkennst sie mit der **Erweiterungsprobe**. Kannst du vor das Wort ein **Adjektiv** setzen, dann ist es ein Nomen:
  Lisa macht einen **schönen** Ausflug.
- Wenn ein Adjektiv vor einem Nomen steht, **passt es seine Form** an das Nomen **an**. Es erhält dabei eine **Endung** (ein schön**er** Ausblick, eine schön**e** Freundin, ein schön**es** Buch).
- Vor vielen Nomen steht ein **Artikel**. Der Artikel kann **bestimmt** sein (der Junge) oder **unbestimmt** sein (ein Junge). Das ist ein Hinweis für die Großschreibung: **das** Wettrennen, **ein** Fußball.

Nomen an weiteren Signalwörtern erkennen

1 **Lies** den Text.

Heftiger Muskelkater
Ein Hobby von mir ist das Laufen.
Die Wettläufe sind auf einer Stadionbahn.
Der Start klappte heute ziemlich gut ...

2 Groß oder klein? **Lies** die unterstrichenen Wörter.

a) Überlege, weshalb die unterstrichenen Wörter großgeschrieben werden müssen. **Schau** dir dazu die markierten Wörter **an**. **Schreibe** deine Antwort **auf**.

b) **Lies** die **Infobox** auf Seite 146 und überprüfe deine Antwort zu Aufgabe 2a).

3 Der Text über den Muskelkater geht noch weiter. **Lies** ihn zu Ende.

... Zum Ende hin wurde es doch noch knapp. Als ich im Ziel ankam, war ich glücklich und erschöpft. Am Abend hatte ich dann aber Muskelkater.

4 Auch in dem Text von Aufgabe 3 gibt es Signalwörter. **Schau** sie dir **an.**
Die **Infobox** hilft dir dabei, diese besonderen Signalwörter zu verstehen.

Signalwörter: Versteckte Artikel

Infobox

Artikel können sich manchmal in **Präpositionen** verstecken. Präpositionen sind Wörter, die ein Verhältnis oder eine Lage ausdrücken. Sie werden deshalb auch Verhältniswörter genannt.

- am = **an dem** **Am** Baum hängen Äpfel. = **An dem** Baum hängen Äpfel.
- beim = **bei dem**; im = **in dem**, ins = **in das**; vom = **von dem**; zur = **zu der**; ...

5 **Baue** die Sätze richtig **zusammen**.

a) **Verbinde** die Bausteine zu einem Satz.

b) **Schreibe** die Sätze **auf**.

c) Markiere anschließend die Signalwörter, die auf Nomen hinweisen.

Beim	Belohnung	bin ich die schnellste Teilnehmerin.
Zur	Entspannen	trinke ich eine Limonade.
Im	Wettkampf	vergesse ich die Zeit.

____

____

____

6 Unterstreiche in dem Text alle Signalwörter, die auf Nomen hinweisen.

Wattolympiade

1. Die W/wattolympiade an der N/nordsee fasziniert die B/besucher.
2. Die S/sportler rutschen durch den S/schlick.
3. Zur A/abkühlung springen die B/besucher ins M/meer.
4. Beim V/volleyball versucht man auf dem rutschigen S/schlamm die G/gegner zu besiegen.
5. Beim A/abschlussrennen geht es zwar wild zu, aber im Z/ziel liegen sich alle fröhlich in den A/armen.

7 **Schreibe** den Text zur Wattolympiade mit der richtigen Großschreibung auf ein Extrablatt. Markiere die Signalwörter. Lies auch die **Infobox**.

i Infobox

Was ist ein „Watt“?

Das Watt ist ein großer, flacher Bereich am Meer. Bei Ebbe wird das Watt trocken. Dort kannst du dann laufen und kleine Tiere wie Krebse und Muscheln sehen.

Großschreibung von Nomen üben

1 **Lies** den Text.
Bei einigen Wörtern ist noch unklar, ob sie groß- oder kleingeschrieben werden.

Überraschender Besuch

Am W/wochenende habe ich die T/tiere in unserem G/garten beobachtet. Dabei habe ich kleine Z/zaunkönige entdeckt. Sie K/kamen aus einem B/busch herausgeflogen, der ganz hinten im G/garten wächst.
Manche V/vögel verstecken sich G/gern dort.
Mit großer G/geduld kann man spannende E/entdeckungen machen. Aber E/eine solche B/beobachtung hatte ich bisher N/nie gemacht.
Ich habe große L/lust, bald wieder kleine V/vögel zu sehen.

2 **Verbessere** die Großschreibung im Text. Die **Infoboxen** aus dem Kapitel helfen dir dabei. **Kreise** dafür im Text die richtigen Wortanfänge (W/w, T/t, ...) **ein**.

Beispiel: Am W/wochenende habe I/ich die T/tiere in unserem G/garten beobachtet.

3 Markiere die Hinweiswörter im Text, an denen du die Großschreibung erkannt hast. Die **Infobox** auf der Seite 146, die **Infobox** auf der Seite 147 und die **Infobox** auf dieser Seite helfen dir dabei.

Beispiel: Am W/wochenende habe I/ich die T/tiere in unserem G/garten beobachtet.

Weitere Signalwörter (Weitere Artikelwörter)

i Infobox

Vor Nomen können **weitere Artikelwörter** stehen:
- mein, dein, ihr, sein, unser, euer (meine Tasche),
- alle, diese, einige, jede, manche, kein, solche, viele (viele Menschen).

Zeichensetzung

1 Am Montagmorgen gibt es aufregende Neuigkeiten für die Klasse 5a.

a) **Lies** die Sätze der Reihe nach **laut vor**.

b) **Überlege**, welche Person welchen Satz sagen oder denken würde. **Sprecht darüber**.

2 Die Sätze unterscheiden sich ein wenig.

a) **Erkläre**, woran du erkennst, wie die Sätze einer Person zugeordnet werden können.

b) Wie unterscheiden sich die abgebildeten Sätze? **Ordne** die Nummern im Bild der passenden Beschreibung **zu**. **Nummeriere**.

- ☐ **Es wird eine Aussage gemacht.**
- ☐ **Es wird eine Frage gestellt.**
- ☐ **Es wird ein Ausruf gemacht.**

3 In einem Satz im Bild findet ihr noch weitere Zeichen. Welche sind das und welche Aufgabe haben sie? **Sprecht darüber**.

Schulbuch S. 221

Punkte setzen

1 **Lies** den Text. Mache kurze Pausen.

Meine Tiere

Ich habe viele Tiere in meinem Zimmer . Vor dem Schrank schwimmt mein Fisch hinter einer Spielekiste Auf dem Tisch versteckt sich mein gewaltiger Dino Ein mächtiger Löwe zeigt unter der Decke seine Tatzen Mit scharfen Zähnen fliegt ein prächtiger Drache In meinem Bett wartet ein kuscheliger Puma auf mich

2 Hier feht doch etwas im Text. **Setze** die Punkte an der richtigen Stelle im Text **ein**.

3 Was macht einen Satz überhaupt aus? Untersuche die Sätze im Text genauer.

a) Unterstreiche die Verben (rot).

b) Wie viele Verben findest du in jedem Satz? **Schreibe** die Anzahl **auf**: ______

c) **Lies** die **Infobox** und **vergleiche** deine Antwort von Aufgabe 3b) damit.

4 **Schreibe** 3 eigene Sätze zum Thema Tiere.
Achte auf das Verb und den Punkt am Ende.

______

______

______

______

Der Punkt am Satzende

Infobox

Jeder Satz braucht ein Verb. Dieses Verb muss an das Subjekt **angepasst werden**, damit es in den Satz passt.
Satzanfänge werden immer **großgeschrieben**.
Am **Satzende** steht ein **Punkt**.
Beispiel: rennen (Verb) → Ich renne über das Feld.

Ausrufezeichen setzen

Da ist ein Kater.
Er hat Limonade getrunken.

Da ist ein Kater!
Er hat Limonade getrunken!

1 a) **Lies** die Sätze **betont vor**.
b) Wie verändern Punkt und Ausrufezeichen die Aussage? **Schreibe** deine Antwort **auf**.

____

____

c) **Lies** die **Infobox** und vergleiche deine Antwort bei Aufgabe 1b damit.

2 Sei still! Komm schnell! Iss auf! Diese Sätze haben ein Ausrufezeichen.

a) Kennst du die markierten Wörter? Sie heißen: ______________________
b) Forme die Verben so um, dass korrekte Imperativformen entstehen. **Fülle** die Lücke und **überprüfe** dein Ergebnis mit der **Infobox**.

3 **Lies** den Text im unten stehenden Kasten.
a) **Überprüfe**, welche Sätze als Aussagen (.) und welche als Ausrufe (!) gemeint sind.
b) **Fülle** die Linien mit 4 Punkten und 3 Ausrufezeichen richtig.

Beim Familienfest war etwas los.__ Passt auf___ Ein Kater schlich zu einer Hecke___ Plötzlich schoss eine Amsel heraus___ Die flog direkt zum dicken Kater___ Sie flatterte vor seiner Nase und bremste ihn mutig aus___ Was für ein Wahnsinn___

i Infobox

Ausrufezeichen

Sätze mit **besonderem Nachdruck** brauchen ein Ausrufezeichen.
Beispiel: Ich möchte in Ruhe gelassen werden!
Oft stehen **Imperative** (Befehlsform) am Satzanfang: Sag etwas! Ruf die Feuerwehr!
Und auch **Ausrufe ohne Verben** können ein Ausrufezeichen bekommen: Hilfe! Feuer!

Fragezeichen setzen

1 a) **Lies** das Gespräch.

b) **Spielt** das Gespräch mit verteilten Rollen nach.

2 Punkt oder Fragezeichen?

a) **Tausche** die Fragezeichen durch Punkte und **lies** das Gespräch **erneut**.

b) **Überlege**, wie das Fragezeichen den Satz im Vergleich zum Punkt verändert. **Sprich** mit einem Partner **darüber**.

3 **Schau** dir die Fragen 1-3 aus dem oberen Kasten nun etwas genauer **an**:

a) Was könnte Özlem auf jede der Fragen antworten? **Probiere** es **aus**.

b) Worum geht es den Kindern hier? **Ordne** die Gründe (Buchstaben) den Sprechblasen (Zahlen) **zu**.

A → Jemand möchte wissen, ob die Back-AG Muffins verkauft. ☐

B → Jemand möchte mehr über den Grund des Verkaufs wissen. ☐

C → Jemand wundert sich, dass die Back-AG Muffins verkauft. ☐

4 **Lies** die Infobox und **vergleiche** sie mit dem, was du schon herausgefunden hast.

Fragezeichen

Infobox

Wenn wir eine Frage stellen, möchten wir ...

a) ... etwas **wissen** (Kommst du noch?),

b) ... etwas **verstehen** (Wie entsteht Regen?),

c) ... **Verwunderung ausdrücken** (Das ist doch wohl ein Scherz?).

Dabei gibt es verschiedene Möglichkeiten, einen Fragesatz zu „bauen“:

1. „Du bist in der Back-AG?“/„Bist du in der Back-AG?“ → **Ja**- oder **Nein**-Antwort
2. „**Warum** bist du in der Back-AG?“ → Fragesatz wird mit einem **Fragewort** eingeleitet.

Kommas bei Aufzählungen setzen

Emily isst gern Pudding und Lebkuchen und Kekse und Milchreis mit Apfelmus.
Emily isst gern Pudding, Lebkuchen, Kekse und Milchreis mit Apfelmus.

1 **Schau** dir die beiden Sätze **an**. **Vergleiche** sie miteinander.

a) Was unterscheidet die beiden Sätze? **Schreibe** deine Antwort **auf**.

____

____

b) Welcher Satz ist aus deiner Sicht besser formuliert? **Sprich darüber**.

c) **Lies** die **Infobox** und **vergleiche** mit dem, was du entdeckt hast.

2 **Lies** den Text im Kasten über „Freunde“.

a) **Entscheide** beim zweiten Lesen, ob du ein **Komma** oder ein **„und“** benötigst.

b) **Fülle** die Lücken passend.

Freunde

A → Jördis, ____ Sanjay ____ Sophia ____ Ronny spielen in einer Band miteinander.

B → Lizzy zeichnet auf der Parkbank ____ auf dem Spielplatz ____ auf der Wiese.

C → Gegenüber beobachtet Max eine Taube ____ einige Familien ____ viele Fahrräder.

D → Lara klettert am Gerüst ____ schwimmt im Becken ____ sprintet 50 Meter.

Infobox

Kommas bei Aufzählungen

Wörter oder Wortgruppen, die du nacheinander **aufzählst**, trennst du mit einem Komma (Eli sieht Autos, Susi in Eile, blinkende Lichter).

Man setzt bei Aufzählungen **kein** Komma, wenn ein **und** steht.
Bei einer Aufzählung wird das letzte Komma oft durch ein **und** ersetzt.
Zum Beispiel: Emily hat blaue, rote **und** grüne Stifte.

Zeichen richtig setzen

1 Achtung! Hier sind einige Satzzeichen verschwunden. **Fülle** sie wieder in die Lücken.

Schau nur*!*___ Die Sonne schimmert durch die bunten Zelte___ Wenn der Wind pfeift___ wackeln Lichterketten in den Bäumen___ Auf dem Schulhof sind Verkaufsstände aufgestellt und Luftballons aufgehängt___ Wird das Fest allen gefallen___

2 Die Klasse 5b hilft beim Schulfest. Schreibe eine Nachricht an das Schulfest-Team und berichte davon, was die Klasse mitbringen wird.

a) Setze die **Kommas** richtig und verwende auch das Wort **und**.

b) Die Wörter aus dem **Wortschatz** helfen dir dabei.

Die Klasse 5b bringt zum Schulfest Kuchen, ______________________

____

Wortschatz

Kuchen Bratwurst Limonade Besteck
Teller Süßigkeiten Pfannkuchen

3 **Lies** den Aussagesatz **zweimal**.

a) **Schreibe** den Satz zu einem Fragesatz **um**.

b) **Schreibe** den Satz zu einem Ausrufesatz **um**.

Aussagesatz: „Joe verlässt das Schulfest plötzlich vor 16 Uhr."

Fragesatz: ______________________

____

Ein Land – viele Sprachen

WES-127931-156

1 a) **Schau** dir das Bild **an**.

b) **Hör zu**, was die Personen sagen.

2 Welche Sprachen sprechen die Kinder? **Kreuze an**.

- [ ] **Italienisch**
- [x] **Russisch**
- [ ] **Plattdeutsch**
- [ ] **Chinesisch**
- [ ] **Türkisch**
- [ ] **Französisch**

3 Was sagen die Kinder? **Unterstreiche** passende Aussagen.

a) Zum Glück sind die Regeln in jeder Sprache gleich.
b) Ich finde es nicht schön hier.
c) Ich liebe Basketball.
d) Das ist mein Fußball, den ich mitgebracht habe.

Sprachen erkunden und vergleichen

WES-127931-157

1 **Hör** dir das Wort „Sonntag" in verschiedenen Sprachen **an**.

sunday – domenica – domingo – Sonntag – söndag – zondag – dimanche

2 **Fülle** die Wörter aus Aufgabe 1 in die richtige Spalte in der Tabelle.
Welche klingen ähnlich? Welche nicht?

Sonntag	
klingt ähnlich	**klingt verschieden**

3 **Lies** den Text.

Viele **Namen von Monaten** kommen aus der **lateinischen Sprache**. Das war die Sprache der Römer. Die Monate haben oft den Namen eines **Gottes** bekommen, der März kommt von dem Gott Mars. Es gibt auch Monate, die wie ein **Kaiser** heißen. Der Juli zum Beispiel kommt vom Kaiser Julius. Manche Monate heißen einfach nach einer **Zahl**, wie der September. Früher hat das Jahr im März angefangen. Deshalb war der September der siebte Monat. Später wurde das geändert. Das Jahr beginnt nun am 1. Januar. In manchen Sprachen haben die Monate besondere Namen. In der **Türkei** heißt der Januar **ocak**, das heißt Ofen oder Herd. Im Januar muss man den Ofen warmhalten. In **Polen** heißt der Februar **luty**. Das heißt streng oder hart, weil es dann sehr kalt ist.

4 Beantworte die Fragen.

a) Worüber informiert der Text? **Sprich darüber**.

b) Aus welcher Sprache kommen viele Monatsnamen? **Kreuze an**.

☐ Latein ☐ Deutsch ☐ Englisch ☐ Türkisch

c) Warum war der September früher der siebte Monat? **Unterstreiche** die Antwort.

Weil der September nach sieben römischen Kaisern benannt wurde.
Weil das Jahr früher im März anfing.

5 Findet heraus, was die Monatsnamen bedeuten.

a) **Schaut** euch die Übersicht und die **Infobox an**.

b) **Verbindet** den Monatsnamen mit der richtigen Bedeutung.

Monatsname		**benannt nach...**
Januar		dem römischen Gott **Mars**
Februar		Kaiser **Julius** Cäsar
März		dem römischen Gott **Janus**
April		der Zahl ***novem*** = neun
Mai		dem Kaiser **Augustus**
Juni		der Zahl ***decem*** = zehn
Juli		dem Wort **aperire** = öffnen
August		der Zahl ***ocot*** = acht
September		der römischen Göttin **Maia**
Oktober		dem römischen Fest **Februa**
November		der römischen Göttin **Juno**
Dezember		der Zahl ***septem*** = sieben

i Infobox

Sprachen

Es gibt viele Sprachen. Einige Sprachen sind sehr **ähnlich,** wie Deutsch und Niederländisch. Durch Handel und Kriege kamen **neue Sprachen** in andere Länder. **Latein** war früher sehr wichtig. Es war die Sprache der Römer. Heute findest du viele lateinische Wörter in anderen Sprachen.

Wenn du ein **unbekanntes Wort** siehst, überlege: Klingt es wie ein Wort, das du kennst? **Vorsicht**: Manche Wörter sehen gleich aus, bedeuten aber etwas anderes.

Dialekte erkunden

WES-127931-159

1 **Hör** dir das Gespräch **an**.
Was antwortet Severin? **Sprecht** in der Klasse **darüber**.

2 Es gibt in Deutschland verschiedene Dialekte (=besondere Sprechweisen).
a) **Lies** die **Infobox**.
b) **Erkläre** einem Partner, was ein Dialekt ist.

3 Hier lernst du 3 Redewendungen kennen.
a) **Lies** die Redewendungen.
b) **Verbinde** die Redewendungen mit der passenden Übersetzung.

Redewendung
S'Läba isch kei Schlotzer.
Dit find ick knorke.
Leck mich an de Täsch.

Übersetzung
Das find ich super.
Das Leben ist kein Zuckerschlecken.
Leck mich an der Tasche. (= Das kann doch nicht wahr sein.)

4 **Hör** dir das berlinerische Klopslied **an**.

Klopslied
Ick sitze da un' esse Klops. Uff eemal klopp's.
Ick kieke, staune, wundre mir. Uff eemal jeht se uff de Tür.
Nanu denk ick, ick denk nanu. Jetzt isse uff, erscht war se zu!
Ick jeh raus und blicke. Un wer steht draußen? Icke!

5 Schreibe den Text ohne Dialekt auf ein Extrablatt.

Dialekte

Infobox

Dialekte sind **besondere Sprechweisen.** Du kannst sie auch Mundart nennen. Dialekte sind in verschiedenen Regionen in Deutschland verbreitet. Zum Beispiel: Der sächsische Dialekt, der Berliner Dialekt, der bairische Dialekt oder der Kölner Dialekt.

Regionalsprachen erkunden

WES-127931-160

Meine Tante spricht Niederdeutsch. Ist das auch ein Dialekt?

1 **Lies** Severins Frage.

a) Was würdest du antworten? **Sprich** in der Gruppe **darüber**.

b) **Lies** die **Infobox**. **Unterstreiche** die richtigen Worte in der Antwort.

Niederdeutsch ist ein / kein Dialekt. Es ist eine / keine eigene Sprache.

2 **Hör** dir die Märchen auf Niederdeutsch **an**. Unter welchem Namen kennst du sie?

A *Rotkäppken*

Do weer mal en söte lütte Deern, de elkeen geern harr, wenn he ehr blots ankeek, sünnerlich ehr Grootmudder. De wüss gor nich, wat se de Deern allens geven schull. Malins schenk se ehr en lütte Kapp ut roden Samt. De stünn ehr so goot, dat se nix anners dregen wull un all ehr blots noch Rootkäppken nömen.

B *Doornröösken*

In ole Tieden weern en König un en Königin, de sään elkeen Dag: »Ach, wenn wi doch en Kind harrn!« und kregen jümmer keen. As nu de Königin malins baden dee, krööp en Pogg ut't Water an Land un sä to ehr: »Du schallst kriegen, wat du di wünschst; ehrder dat en Johr rüm is, warrst du en Dochter to Welt bringen.

C *Frau Holl*

En Wittfro harr twee Döchter, dorvun weer de een schöön un flietig, de anner suurmuulsch un fuul. Se harr aver de suurmuulsche un fule veel lever, denn de weer ehr rechte Dochter, un de anner müss all Arbeit doon un tohuus dat Aschenputtel ween.

Infobox

Regionalsprachen

Regionalsprachen werden nur an **bestimmten Orten** gesprochen. Zum Beispiel das Niederdeutsche (= Plattdeutsch) im Norden oder das Sorbische im Osten Deutschlands.
Regionalsprachen sind **keine Dialekte**. Es sind eigene Sprachen.
Regionalsprachen werden gut **geschützt**. Regionalsprachen sollen **nicht verschwinden** und Menschen sollen sie **weiter sprechen, lesen und verstehen**.

Sprachen selbst untersuchen

1 **Lies** die Spielanleitungen.

A

Der Spielspaß für die ganze Familie!
Spieler: 2–6
Alter: ab 6 Jahren
Inhalt: 56 Karten, 1 Glocke, 1 Spielanleitung
Kurze Spielbeschreibung:
Reihum deckt jeder Spieler eine Karte auf. Auf den Karten können folgende Früchte abgebildet sein: Banane, Pflaume, Limone und Erdbeere. Sobald auf allen Karten genau 5 Früchte einer Sorte liegen, gewinnt der Spieler, der zuerst klingelt, alle Karten der Ablagestapel. Ziel des Spiels ist es, die meisten Karten zu gewinnen.

B

Il gioco per tutta la famiglia!
Giocatori: 2–6
Età: a partire da 6 anni
Contenuto: 56 carte, 1 campanello, 1 istruzioni del gioco
Breve descrizione del gioco:
Uno dopo l' altro ogni giocatore scopre una carta. Sulle carte possono essere raffigurati i seguenti frutti: banana, prugna, limone e fragola. Non appena tra tutte le carte scoperte ci sono esattamente 5 frutti dello stesso tipo, il giocatore che per primo suona il campanello vince tutte le carte.

C

Speelspass för de ganze Famili!
Speeler: 2–6
Äller: vun 6 Johren an
Inholt: 56 Kaarten, 1 Klock, 1 Speelanwiesung
Koorte Speelbeschrieven:
Op Ardeens deckt jeede Speeler een Kaart op. Up de Kaarten künnt de volgende Fruit so zijn: Banane, Ploom, Limett un Eerdbeere. Wenn op all Kaarten genau 5 Fruit van en Sort liggt, wint de Speeler, de to eerst klinkt, all Kaarten van den Ableegstapel. Ziel vun dat Spel is, de meesten Kaarten to winnen.

D

Des Gaudispui fia de ganz Bagasch!
Spiela: 2–6
Oida: ab 6 Joahr
Inhoit: 56 Koatn, 1 Glockn, 1 Spuianleitung
Kurze Spuiobrieb:
Reihum deckt jeda Spiela a Koatn af. Af dene Koatn kinnand de Frücht obbidelt sei: Banane, Zwetschke, Limone und Erdbirl. Sowir af olle Koatn aggrat 5 Frücht vo oana Sortn lign, gwinnt dea Spiela, dea zerst leit, olle Koatn vo dea Oblegstapel. S'Zui vom Spuis is, de meistn Koatn zum gwinna.

2 **Ordne** jeder Anleitung eine Sprache, einen Dialekt oder eine Regionalsprache **zu**. **Schreibe** die Buchstaben A–D in die Kästchen.

☐ **Italienisch**
☐ **Deutsch**
☐ **Niederdeutsch**
☐ **Bairisch**

3 **Suche** die Übersetzungen für die deutschen Wörter in den Anleitungen. **Fülle** sie in die richtige Spalte in der Tabelle.

Deutsch	Bairisch	Italienisch	Niederdeutsch
Alter			
Familie			
Inhalt			
Spieler			
Karte			
Frucht			

4 Einige Wörter klingen ähnlich. Welche? **Schreibe** sie **auf**.

a) *Alter – Äller,* ______

b) *Familie –* ______

c) *Inhalt –* ______

d) *Spieler –* ______

e) *Karte –* ______

f) *Frucht –* ______

5 **Lies** die bairische Anleitung **noch einmal**.
a) Welche Wörter verstehst du noch? **Schreibe** sie **auf**.
b) **Übersetze** die Wörter ins Hochdeutsche.

Spuilbrieb – Spielanleitung, ______

______

Schulbuch S. 244

Wörter bilden

Hier siehst du verschiedene Wortbausteine.
Aus ihnen können Wörter zusammengesetzt werden.

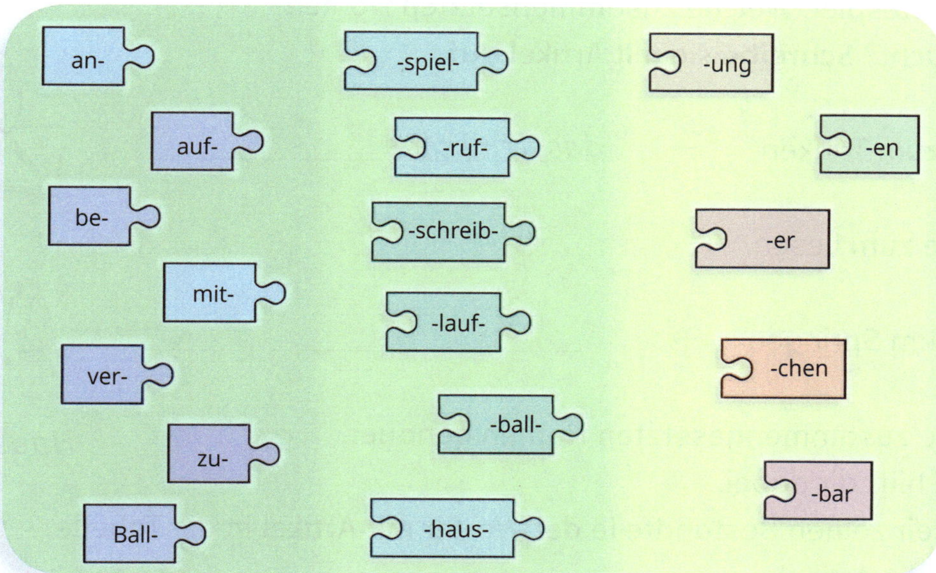

1 a) **Schau** die unteren Bilder **an**. Was wird dort gezeigt?
b) **Setze** die passenden Puzzleteile **zusammen** und **schreibe** sie **auf** die Linien.

_______________ _______________ _______________

2 **Setze** weitere Puzzleteile so **zusammen**, dass sinnvolle Wörter entstehen.
Sprecht in der Klasse **darüber**. Nutzt folgende Tipps:

- Du darfst Puzzleteile mehrfach verwenden.
- Deine Wörter dürfen aus 2 oder 3 Puzzleteilen bestehen.
- Schreibe Nomen mit ihrem Artikel auf (der, die, das).

3 **Sprecht** über die gebildeten Wörter.
- Gibt es Wörter, die alle gefunden haben?
- Welche Bausteine habt ihr öfter verwendet?

Wörter zusammensetzen

1 **Schau** dir das Bild **an**. Celine und Theo spielen ein Spiel.

2 **Spiele** das Ratespiel. Welche zusammensetzten Nomen werden gesucht? **Schreibe** sie mit Artikel **auf**.

A ein Glas zum Trinken → *das Trinkglas* ______

B eine Brille zum Lesen → ______

C ein Seil zum Springen → ______

3 Erforsche die zusammengesetzten Nomen genauer. Die **Infobox** hilft dir dabei.

a) **Fülle** die einzelnen Bestandteile der Wörter mit Artikel in die Tabelle.

b) Markiere die Artikel.

Zusammengesetzes Wort	1. Nomen	2. Nomen (Grundwort)
der Spielball	*das Spiel*	*der Ball*
die Salatgurke	*der*	*die*
die Zimmertür		

Wörter bilden

i Infobox

Setze zwei Nomen zusammen:
der Topf + die Planze = die Topfpflanze. Das zweite Wort nennst du **Grundwort**. Der Artikel des neuen Wortes richtet sich nach dem Grundwort. Manchmal muss man Buchstaben einfügen: der Geburt**s**tag, die Maus**e**falle

Präfixe und Suffixe: Füge sie vor oder hinter einem Wort ein:
- **Präfix:** schreiben → **be**-schreiben, **ab**-schreiben
- **Suffix:** der Freund → freund – **lich**

Suffixe verändern oft die **Wortart** des Wortes. Aus einem Nomen (der Freund) wird zum Beispiel ein Adjektiv (freundlich).

Den Aufbau von Wörtern untersuchen

1 **Bilde** zusammengesetzte Wörter und **schreibe** sie mit Artikel **auf**.
Manchmal musst du einzelne Buchstaben streichen oder hinzufügen.

Karte + Spiel ____________ Farbe + Stift

Eis + Waffel ____________ ____________

2 **Tausche** die Wörter aus Aufgabe 1. **Schreibe** sie mit Artikel **auf**.

die Spielkarte ____________ ____________

3 Auf den gelben Karten findest du Verben. **Verbinde** sie mit Präfixen aus der linken Spalte. **Schreibe** 6 neue Wörter **auf**.

ab-
an-
auf-
be-
ein-
durch-
mit-
um-
ver-

schreiben

fahren

halten

abschreiben ____________

____

____

____

____

____

4 **Fülle** die Lücken mit den passenden Endungen. Der **Wortschatz** hilft dir dabei.

Wortschatz
-ig -bar -lich -sam

End*lich* Ferien,

Tim ist ziem______ ungeduld______

und kann es kaum erwarten. Nur noch 2 Tage bis zum Ferienbeginn.

Selt______ und unglaub______, wie schnell das Schuljahr zu Ende geht!

In den Ferien heißt es dann: anständ______ ausschlafen und absicht______

länger im Bett liegen bleiben. Einfach wunder______!

Wortarten

1 Oh nein! In der Zauberformel fehlt doch was.

a) **Fülle** die Lücken in der Zauberformel mit einem Partner.
Schreibt die Formel auf ein Extrablatt.

b) **Sprecht** euch die Formel dann gegenseitig **vor**.

2 **Vergleicht** die eingesetzten Wörter in der Klasse. **Sprecht** über die Fragen:

- Was war leicht zu ergänzen? Welche Wörter waren etwas schwerer?
- Gibt es Wortarten, die häufiger vorkommen?

3 Welche 2 Wortarten sind nötig, damit ein Satz vollständig ist? **Schreibe** sie **auf**.

____

____

4 **Gestalte** selbst einen Zauberspruch mit Lücken und kleinen Bildern.
Lasst ein anderes Kind raten, welche Wörter sich hinter den Lücken verstecken.

Verben erkennen und verändern

1 Hier fehlt doch was!

a) **Schau** dir den Text einmal genau **an**.

b) Welche Wörter fehlen? **Fülle** die Lücken. Der **Wortschatz** hilft dir dabei.
Achtung: Manchmal musst du die Wörter etwas verändern, damit sie in den Satz passen. Die **Infobox** hilft dir dabei.

Wortschatz
achten
testen
gehen
spielen
üben

A. Magie *spielt* ______ bei Zaubertricks keine Rolle.

B. Aber es ______ um Übung und Ablenkung.

C. Du ______ am besten vor dem Spiegel.

D. Du ______ deine Tricks zuerst vor deiner Familie.

E. Niemand ______ dann so genau auf den Trick.

c) Die Wörter, die du eingesetzt hast, haben etwas gemeinsam.
Schreibe deine **Idee** auf.

____

Verben

Infobox

Im Wörterbuch stehen Verben in der Grundform (= Infinitiv). Zum Beispiel: „leben“. In **Sätzen** musst du **ihre Form anpassen**. Das nennt man „**beugen**“ oder **konjugieren**.
Verben kannst du entweder **nach der Person** (ich lebe, du lebst, er/sie/es lebt, ...) oder nach **der Anzahl** (ich lebe, wir leben, ...) **verändern**.

In der **Gegenwart** (= Präsens) gibt es für die **Grundform** des Verbs „leben“ folgende **Formen**:

1. Person Einzahl: ich leb**e**	1. Person Mehrzahl: wir leb**en**
2. Person Einzahl: du leb**st**	2. Person Mehrzahl: ihr leb**t**
3. Person Einzahl: er/sie/es leb**t**	3. Person Mehrzahl: sie leb**en**
Die Einzahl heißt **Singular**.	Die Mehrzahl heißt **Plural**.

Tempusformen des Verbs bilden

1 **Lies** die 3 Texte genau. **Beachte** die unterstrichenen Wörter.

1 *Heute Morgen ist vielleicht etwas passiert! Ich habe einen Zauberer gesehen, der seinen Zauberstab auf den Tisch gelegt hat. Danach ist er vor das Publikum getreten, ...*

2 *Hier passiert vielleicht was! Ich sehe einen Zauberer, der legt gerade seinen Zauberstab auf den Tisch. Nun tritt er vor das Publikum ...*

3 *Heute passierte etwas Aufregendes. Ich sah einen Zauberer, der seinen Zauberstab auf einen Tisch legte. Dann trat er vor das Publikum ...*

2 Um welche Wortart handelt es sich bei den unterstrichenen Wörtern?

Schreibe sie auf die Linie. ______________________________

3 Die Texte in Aufgabe 1 stehen in verschiedenen Zeitformen. Welche sind das? Die **Infobox** hilft dir dabei. **Ordne** sie richtig **zu**. **Schreibe auf**.

Text 1: ____________________ Text 2: ____________________

Text 3: ____________________

4 **Wähle** aus dem oberen Kasten einen Text **aus**. **Schreibe** ihn auf einem Extrablatt weiter. Der **Wortschatz** hilft dir dabei. **Achte** auf die richtige Zeitform.

Wortschatz					
bedecken	berühren	ziehen	legen	verstecken	verbeugen

Infobox

Die Zeitformen des Verbs

Verben kannst du in verschiedene Zeitformen setzen:
- **Gegenwart** (Präsens) → Der Zauberer **zaubert** den Hasen aus dem Hut.
- **Erste Vergangenheit** (Präteritum) → Der Zauberer **zauberte** den Hasen aus dem Hut.
- **Zweite Vergangenheit** (Perfekt) → Der Zauberer **hat** den Hasen aus dem Hut **gezaubert**.

Nomen erkennen

1 **Lies** den Text. Überlege, worum es gehen könnte.

Die leckersten [1] der [2]! Ein [4]

Du brauchst nur wenige [3], um diesen leckeren [1] zu backen. Die [3] sind in fast jeder [5] vorhanden. Sie reichen für 2 bis 3 [6]: 3 frische [7], 150 g fein gemahlenes [8], 250 ml kalte [9], 50 g feinkörnigen [10] und ein wenig [11].
Sind alle [3] vorhanden, schlagt ihr 3 [7] in einer [12] auf und verrührt sie mit einem [13] oder einer elektrischen [14] miteinander.
Hört auf, wenn eine glatte [16] entsteht.
Nun erhitzt ihr flüssiges [17] oder etwas weiche [18] in einer [19] und backt euch die leckersten [1] der [2]! Was für ein [22]!

2 Welche Wortart wurde im Text vergessen? **Schreibe** sie **auf**. Die **Infobox** hilft dir dabei.

Die fehlende Wortart heißt: ______________________________

3 **Fülle** die Tabelle mit den richtigen Nummern aus Aufgabe 1.

[ ] Pfannkuchen (3x)	[ ] Masse	[ ] Butter	[ ] Pfanne
[2] Welt (2x)	[ ] Schneebesen	[ ] Gaumenschmaus	[ ] Zutaten (3x)
[ ] Küche	[ ] Schüssel	[ ] Personen	[ ] Eier (2x)
[ ] Mehl	[ ] Milch	[ ] Zucker	[ ] Salz
[ ] Küchenmaschine	[ ] Öl	[ ] Genuss	

Nomen (Namenwörter)

i Infobox

Nomen sind wichtige Wörter. Sie helfen uns, Sätze und Texte zu verstehen. Nomen werden immer **großgeschrieben**.

Es gibt Hinweise, damit du sie besser erkennen kannst:
→ Vor Nomen kann man einen Artikel setzen. Beispiel: das Glück
→ Vor Nomen kann man ein Adjektiv schreiben. Beispiel: kleiner Mann

Gegenstände (das Buch), **Lebewesen** (die Maus), **abstrakte Dinge** (die Freiheit) oder **Gefühle** (die Freude) sind Nomen.

Das Genus von Nomen erkennen

1 **Wähle** 5 Nomen im Kasten aus und **schreibe** sie mit dem richtigen Artikel **auf**.

die Luft, ______________________________

____

Auto	Arm	Bein	Baum	Handy	Himmel
Steckdose	Rose	Zauber	Nase	Fenster	Luft

2 Was sagt der Artikel über das Nomen aus? **Lies** nach. Die **Infobox** hilft dir dabei.

3 Manche Nomen sind gleich, haben aber unterschiedliche Artikel und Bedeutungen. **Schreibe** die Bedeutung in eigenen Worten **auf**.

die See – der See → *ein anderes Wort für Meer* ______________________________

____

die Leiter – der Leiter → ______________________________

____

der Kiefer – die Kiefer → ______________________________

____

Infobox

Das Genus von Nomen

Nomen haben ein **Genus**.
Das Genus eines Nomens erkennst du am Artikel:

- **Männlich** (maskulin) → **der** Ball, **der** Rabe, **ein** Baum, **ein** Hund
- **Weiblich** (feminin) → **die** Uhr, **die** Katze, **eine** Tasse, **eine** Nachricht
- **Sächlich** (neutrum) → **das** Unglück, **das** Gemüse, **ein** Haus

Bei zusammengesetzten Nomen bestimmt das Nomen am Wortende das Genus: **der** Ball + **die** Spiele → **die** Ballspiele

Singular und Plural von Nomen erkennen und bilden

1 a) **Schau** dir die Bilder genau **an**.
b) **Sprich darüber**, wie du mithilfe von Worten die Anzahl von Gegenständen deutlich machen kannst. Die **Infobox** hilft dir dabei.
c) **Schreibe** deine Ideen für die anderen 2 Beispiele auf.

Das erste Bild zeigt einen Drachen und daneben zwei Drachen.

______

______

2 **Fülle** die Lücken mit dem fehlenden Singular oder Plural der Wörter.

Singular	Plural
das Spiel	
	die Bänder
der Topf	
	die Ritter

Singular und Plural bei Nomen

i Infobox

- Singular (= Einzahl): **ein Gegenstand/Lebewesen**, die Burg
- Plural (= Mehrzahl): **mehrere Gegenstände/Lebewesen,** die Burgen

↯ **Einige Nomen haben keinen Plural** (Schnee, Furcht, Regen, Nässe, ...), **andere haben keinen Singular** (die Eltern, die Ferien, ...).

Es gibt 3 Möglichkeiten, den Plural bei Nomen zu erkennen:
1. **Artikel** die → das Auto – **die** Autos; das Kind – **die** Kinder, ...
2. **Endungen (-e, -en, ...)** → das Spiel – die Spiel**e**; die Uhr – die Uhr**en**, ...
3. **Umlaute (ä, ö, ü)** → der Vater – die V**ä**ter, die Mutter – die M**ü**tter, ...

Adjektive verwenden und untersuchen

1 **Lies** den Text. Versuche herauszufinden, welcher Hund beschrieben wird.

Mein Hund
Mein Hund hat einen [?] Körperbau. Er hat einen [?] Kopf.
Er besitzt eine [?] Schnauze, [?] Ohren und einen [?] Schwanz.
Er steht auf [?] Beinen. Sein Fell ist [?] mit [?] Haaren.
Er ist ein [?] Tier und spielt [?].

2 Hast du gemerkt, dass man Aufgabe 1 nicht beantworten kann? Es fehlen die Wörter, die den Hund beschreiben. **Schreibe auf**, welche Wortart fehlt.

Die fehlende Wortart heißt: ____________________

3 **Spielt** ein Ratespiel. **Wählt** einen eigenen Hund und beschreibt ihn euch gegenseitig. Der **Wortschatz** hilft euch dabei. **Sprecht darüber**, ob ihr ihn gut beschrieben habt.

Wortschatz	
der Körperbau:	schlank, gedrungen, groß, klein, schmal ...
der Kopf:	schmal, rund, groß, klein ...
die Schnauze:	rundlich, spitz, breit, schmal, lang ...
die Ohren:	spitz, aufrecht, herabhängend, lang, kurz, ...
die Haare und das Fell:	lang, wuschelig, glatt, lockig, rau, zottelig, ...
der Schwanz:	lang, kurz, herabhängend, wuschelig, wollig ...
die Beine:	kurz, lang, krumm, gerade, dünn, kräftig ...
die Farben:	braun, schwarz, weiß, gefleckt, hell, dunkel ...
Wie der Hund ist:	sanft, freundlich, lieb, ruhig, anhänglich, temperamentvoll ...

i Infobox

Adjektive

Mit **Adjektiven** kann man **Lebewesen**, **Dinge** und **Sachen** genauer beschreiben. Beispiele: klein, spitz, schwarz, ...
Adjektive stehen meist **vor einem Nomen** (schwarzes Fell) oder **zwischen** einem **Artikel** (Begleiter) und einem **Nomen** (mein kleiner Hund, die spitzen Ohren).

Adjektive steigern und mit Adjektiven vergleichen

1 **Schau** dir die Gebäude **an**.
Vergleiche ihre Höhe miteinander.

2 **Fülle** den Satz mit den Wörtern:
hoch, höher, am höchsten.

Der Kölner Dom ist ____________________, der Berliner Fernsehturm ist ____________________, der Burj Khalifa ist ____________________.

3 **Finde** mithilfe der **Infobox** **heraus**, was bei Aufgabe 1 mit dem Adjektiv „hoch" passiert ist.

4 **Fülle** die Steigerungsformen der Adjektive in die Tabelle.

Positiv	Komparativ	Superlativ
reich		
	älter	
	schöner	
		am liebsten
glücklich		

Die Steigerung von Adjektiven

Infobox

Die meisten Adjektive lassen sich steigern.
Dabei unterscheidest du 3 Stufen:

Grundstufe (**Positiv**): hoch
Steigerungsstufe (**Komparativ**): höher
Höchststufe (**Superlativ**): am höchsten

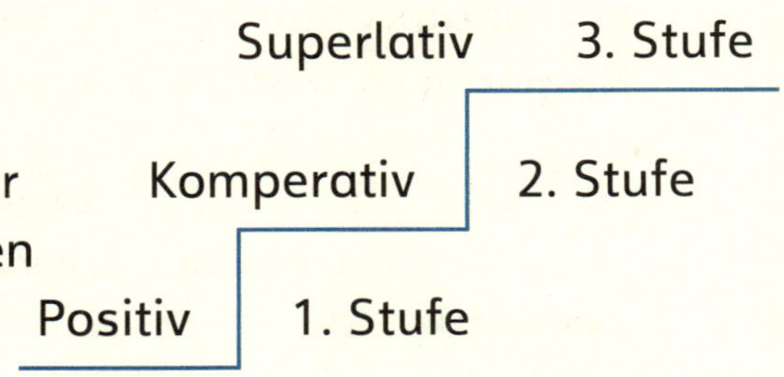

Bei einem **Vergleich** verwendet man die Wörter **wie** und **als**:
Er ist genauso groß **wie** ich. Sie ist größer **als** ich.

Personalpronomen

1 **Lies** den Text. Überlege, worum es in dem Text gehen könnte.

2 **Fülle** die Lücken. Die **Infobox** hilft dir dabei.

„Luca, was hast *du* ______ denn gestern gemacht? Hast ______ auch das Länderspiel geguckt? Was?! Das interessiert ______ nicht? Naja, ______ interessiert das schon. Und ______ fand ______ auch sehr spannend. Vielleicht gucken ______ einmal zusammen ein Spiel? Dann wirst ______ schon sehen, das wird ______ sicher gefallen!“

3 **Ersetze** im Satz die Nomen durch sinnvolle Personalpronomen.
Streiche die Nomen **durch** und **schreibe** das Personalpronomen auf.
Vorsicht: Manchmal musst du auch ein weiteres Wort verändern!

Lucas Oma geht sonntags spazieren.
Lucas Oma trifft danach Lucas Omas Freundinnen.

____

Infobox

Personalpronomen

Die Wörter er, sie, es (Singular) und sie (Plural) sind Stellvertreter für Nomen. So müssen diese Nomen nicht ständig wiederholt werden. Diese Nomen nennst du **Personalpronomen**.
Zum Beispiel: Der Baum wächst. **Er** ist grün.

Personalpronomen können – genauso wie Nomen – nach Kasus (Fall), Numerus (Anzahl) und Genus (Geschlecht) verändert werden.

	Singular			Plural		
	1. Person	**2. Person**	**3. Person**	**1. Person**	**2. Person**	**3. Person**
Nominativ	ich	du	er, sie, es	wir	ihr	sie
Akkusativ	mich	dich	ihn, sie, es	uns	euch	sie
Dativ	mir	dir	ihm, ihr	uns	euch	ihnen
Genitiv	meiner	deiner	seiner, ihrer	unser	euer	ihrer

Präpositionen

1 **Schau** dir das Bild **an**.

2 Wo verstecken sich die Kinder? **Fülle** die Lücken. Der **Wortschatz** hilft dir dabei.
Beispiel: Yasmin steht hinter der Burg. Linus sitzt auf einem Baum.

Nora steht *neben* ______ dem Fahrrad.

Amelie und Simai laufen ______ dem Tor.

Paul liegt ______ einem Ast.

Lucca rennt ______.

Peter steht ______ dem Baum.

Konstantin steht ______ der Plattform.

Wortschatz					
aus	neben	auf (2x)	unter	vor	über

2 **Fülle** die richtige Präposition in die Lücken. Die **Infobox** hilft dir dabei.

Gefahren für Eisbären

Eisbären ernähren sich vor allem *von* ______ (von/für) Robben. Diese können sie nur ______ (in/über) einem Eisloch fangen. ______ (In/Im) offenen Meer sind die Robben ______ (durch/für) die Eisbären viel zu schnell. ______ (über/nach) die Sommermonate müssen die Eisbären deshalb oft Hungern, weil das Eis nicht zugefroren ist.

Präpositionen

Infobox

Präpositionen sind kurze Wörter, die uns Zusammenhänge zeigen.
Man nennt sie auch **Verhältniswörter**.
Zum Beispiel: Das Buch liegt **auf** dem Tisch.

Die meisten Präpositionen fordern einen bestimmten Fall (Kasus).
1. Ich trete **gegen** den Ball. (**den** → Wen oder Was? = Akkusativ)
2. Der Spruch steht **an** der Hauswand. (**der** → Wem? = Dativ)

Sätze untersuchen

1. Die Schülerinnen und Schüler haben ein Sprach-Experiment vorbereitet.
   a) **Denkt** euch gemeinsam einen Satz **aus**. **Schreibt** jeweils ein Wort dieses Satzes auf ein Blatt. Macht auch ein Blatt mit einem Punkt.
   b) **Stellt euch** mit den Blättern in eine Reihe **auf**, sodass ein sinnvoller Satz entsteht. **Fotografiert** den Satz.
   c) **Probiert** nun aus, ob auch andere Wörter am Satzanfang stehen können. **Fotografiert** auch diese Sätze.

2. **Sprecht** über eure gebildeten Sätze aus Aufgabe 1.
   - Welche Unterschiede könnt ihr zwischen den Sätzen feststellen?
   - Gibt es Wörter oder Wortgruppen, die immer zusammenbleiben, wenn ihr sie im Satz verschiebt? Welche sind das?
   - Gibt es Wörter, die nicht am Satzanfang stehen können? Welche sind das?
   - Findet ihr Wörter, die immer am gleichen Platz bleiben? Welche sind das?

Sind die Wörter, die beim Umstellen immer zusammenbleiben, nicht Satzglieder?

3. Was könnte Linus mit seiner Aussage rechts meinen? **Sprecht darüber**, was ihr bereits über Satzglieder wisst.

Mit der Vorfeldprobe Satzglieder ermitteln

SPIELEN / RITTER / UND / RÄUBER / MEIN / FREUND / UND / ICH / HEUTE / NACHMITTAG

1 Die Aussagen der Kinder sind durcheinandergeraten.

a) **Schreibt** die Tabelle mit den Überschriften wie unten auf ein Extrablatt.

b) **Schreibt** die Wörter **auf Karteikarten**. Setzt sie im Feldermodell ein.

c) **Findet heraus**, welche Wörter zusammen ein Satzglied bilden. Die **Infobox** und das Beispiel helfen euch dabei.

d) **Stellt** die Satzglieder nun so **um**, dass immer ein anderes im Vorfeld steht. **Füllt** sie in die Tabelle.

Vorfeld	linke Klammer	Mittelfeld	rechte Klammer
Mein Freund und ich	*spielen*	*heute Nachmittag / Ritter und Räuber*	
Heute Nachmittag		…	

Mit der Vorfeldprobe Satzglieder ermitteln

Infobox

Mit der **Vorfeldprobe** kannst du herausfinden, welche Wörter **zusammengehören**. Du **stellst** die **Sätze um**, sodass **immer andere Wörter im Vorfeld** stehen. Das **können** auch **mehrere Wörter** sein. Diese **zusammengehörenden Wörter** bilden **ein Satzglied** und bleiben immer zusammen.

| Der Abenteurer | reitet | auf einem Pferd | zur Burg |.
| Zur Burg | reitet | der Abenteurer | auf einem Pferd |.
| Auf einem Pferd | reitet | der Abenteurer | zur Burg |.

Das Subjekt untersuchen

Im Klettergarten

A **<u>Jonas</u>** ist aufgeregt.
B **<u>Sein Freund</u>** schaut von unten zu.
C **<u>Jonas und Paul</u>** tragen Klettergurte.
D **<u>Sie</u>** haben Helme auf.
E **<u>Das bisschen Höhenangst</u>** wird vergehen.

1 In den Sätzen sind bereits einige Wörter unterstrichen. **Sprecht darüber.**
- Was haben diese Wörter gemeinsam?
- Welche Funktion haben sie?
- Wie hängen die Wörter mit dem Prädikat in jedem der Sätze zusammen?

2 **Vergleicht** eure Überlegungen mit der **Infobox**.

3 Setze die Geschichte fort. **Schreibe** 2 Sätze zu den Bildern. Der **Wortschatz** hilft dir.

Wortschatz

Brett Jonas Paul Seil Paul
balancieren hangelt sich

Vorfeld	linke Klammer	Mittelfeld	rechte Klammer

Infobox

Das Subjekt

Das **Subjekt** ist ein **Satzglied**. Oft ist das **Subjekt** ein **Nomen** (das Haus, Jonas, der Junge, ...). Manchmal ist es ein **Pronomen** (er, wir, ...) oder eine **Wortgruppe** (der gestiefelte Kater, das weiße Haus, ...).

Frage nach dem Subjekt mit **Wer?** oder **Was?**
Jonas trägt Klettergurte: Wer trägt Klettergurte? – Jonas

Objekte im Akkusativ und Dativ untersuchen

1 **Lest** die 3 Sätze. **Schaut** euch die fett gedruckten Wörter **an**.

A Die Polizeiwache sucht **einen Mann**, der am Montagabend **einen Unfall** beobachtet hat.
B Die Polizei half **der Radfahrerin** nach dem Unfall. **Dem Autofahrer** wird vorgeworfen, die Radfahrerin angefahren zu haben.
C Es wird **dem Zeugen** eine Belohnung gezahlt. Er muss aber **hilfreiche Tipps** geben.

Das Satzglied, um das es hier geht, heißt Objekt.
a) Was wisst ihr schon über Objekte? **Sprecht darüber**.
b) **Lest** die **Infobox**, um mehr über Objekte zu erfahren.

2 a) **Lies** das Beispiel mit den fett gedruckten Objekten aus Aufgabe 1.
b) **Füllt** die markierten Objekte in die richtige Spalte der Tabelle.

Akkusativ-Objekt
Wen? oder **Was?** **Wen** sucht die Polizeiwache? *einen Mann*

Dativ-Objekt
Wem? **Wem** half die Polizei nach dem Unfall? *der Radfahrerin*

Akkusativ-Objekt **Wen? oder Was?**	*Dativ Objekt* **Wem?**
einen Mann	*der Radfahrerin*

Die Objekte im Akkusativ und Dativ

Infobox

Nach dem **Akkusativ-Objekt** fragst du mit **Wen?** Oder **Was?**
Ich lernte **einen** Unfallbericht kennen. Was lernte ich kennen? – einen Unfallbericht

Nach dem **Dativ-Objekt** fragst du mit **Wem?** Ich begegnete **einem** Polizisten. **Wem** begegnete ich? – einem Polizisten

Adverbiale ermitteln und untersuchen

Wir waren am Wochenende auf einem Jahrmarkt.

1 **Lest** den Satz. Aus wie vielen Satzgliedern besteht er?
a) **Ermittelt** sie mit der Vorfeldprobe. **Sprecht darüber**.
b) **Erfragt** die unterstrichenen Satzglieder.
c) **Vergleicht** eure Lösung mit der **Infobox**.

2 a) Was erleben Lukas und Rahel auf dem Mittelaltermarkt?
Lies den Text.

Ein Tag wie im Mittelalter

a) Lukas und seine Schwester Rahel fahren mit ihren Eltern [A]. → *Wo ...?*

b) Nachdem sie [B] unterwegs waren, kommen sie an. → ____________?

c) Lukas möchte mit seinem Vater [C] die Ritterburg erklimmen. → ______?

d) Alle treffen sich [D] wieder. → ____________?

b) Im Text in Aufgabe 2a) sind Wörter verloren gegangen.
- **Schreibe** das Fragewort auf die Linie: **Wo?** – Frage nach dem Ort
  Wann? – Frage nach der Zeit
- Im Text erkennst du Buchstaben. Hier fehlen Adverbialien. Welche passen wohin?
  Lies die Adverbialien und **fülle** den passenden Buchstaben in die Kästchen.

☐ **fünfzehn Minuten** ☐ **auf dem Marktplatz**
☐ **auf den Mittelaltermarkt** ☐ **nach zwei Stunden**

Infobox

Adverbiale erfragen

Adverbiale sind auch **Satzglieder**.
- **Adverbiale der Zeit** erfragst du durch:
  Wann? Seit wann? Wie lange?
- **Adverbiale des Ortes** erfragst du durch: Wo? Wohin? Woher?

Das Feldermodell nutzen

Einige Wörter im Satz **gehören immer zusammen**. Das Feldermodell hilft euch dabei:

Vorfeld	linke Klammer	Mittelfeld		
DER RITTER	HAT	EIN PFERD	IM STALL	.
DAS PFERD	FRISST	HEU	IN DER BOX	.
DAS HEU	SCHMECKT	DEM PFERD	SEHR GUT	.

1 Schaut euch die Sätze in diesem Feldermodell an.

a) **Schreibt** die Tabelle mit den Überschriften wie in Aufgabe 1 auf ein Extrablatt.
b) **Schreibt** die Satzglieder und Punkte auf Kärtchen.
c) **Legt** die Satzglieder immer wieder neu, sodass ein anderes im Vorfeld steht.
d) **Überprüft** dann, ob ihr aus den Satzteilen einen **sinnvollen Satz** gelegt habt.

2 a) **Besprecht**, was ihr mit dem Feldermodell über den Satzbau herausfinden könnt:
- Wo steht das Prädikat?
- Wie viele Satzglieder können gleichzeitig im Vorfeld stellen?

b) **Vergleicht** euer Ergebnis mit der **Infobox**.

3 <u>**Unterstreiche**</u> in den Sätzen alle Prädikate. **Achtung** bei Satz C

A | Der Ritter | stieg | auf sein Pferd | . |
B | Auf seinem Weg | begegnete | er | einem Zauberer | . |
C Der Ritter | winkte | dem Zauberer | <u>zu</u>.

(Prädikat = Verb/Tu-Wort)

4 a) **Fülle** zuerst die <u>unterstrichenen Prädikate</u> der Sätze in das Feldermodell.

Vorfeld	linke Klammer	Mittelfeld	rechte Klammer
Der Ritter	*stieg*	*auf sein Pferd.*	—

b) Manchmal besteht das Prädikat aus 2 Teilen.
Wo schreibt ihr den zweiten Teil hin? **Sprecht darüber.**

c) **Vergleicht** eure Überlegungen mit der **Infobox**.

d) **Füllt** die weiteren Satzglieder in das Feldermodell.

Das Feldermodell zeigt dir den festen Platz des Prädikats (linke und rechte Klammer). Die anderen Satzglieder kannst du unterschiedlich im Vorfeld und Mittelfeld anordnen. Im Vorfeld kann nur ein Satzglied stehen.

Finde für den Satz B 2 Möglichkeiten, die Satzglieder anders anzuordnen. **Fülle** sie in die Tabelle.

Vorfeld	linke Klammer	Mittelfeld	rechte Klammer
Auf seinem Weg	*begegnete*	*er / einem Zauberer.*	*./.*
	begegnete	*/ auf seinem Weg.*	*./.*
		einem Zauberer /	*./.*

Infobox

Den Satzbau mit dem Feldermodell untersuchen

Mit dem Feldermodell kannst du den Aufbau von Sätzen untersuchen.

Was man zusammen in das **Vorfeld** stellen kann, ist **ein Satzglied**. Das **Mittelfeld** kann **frei bleiben** oder durch **mehrere Satzglieder** besetzt werden.

Vorfeld	linke Klammer	Mittelfeld	rechte Klammer
Der Ritter	findet	einen Schatz.	
Der Ritter	wollte	einen Schatz	finden.

Die **linke Klammer** ist **immer** mit dem **Prädikat** besetzt, **mehrteilige Prädikate** teilen sich auf die **linke** und **rechte Klammer** auf.

Vorfeld	linke Klammer	Mittelfeld	rechte Klammer
...	findet	...	
...	wollte	...	finden.

Sätze untersuchen und überarbeiten

1 Was erleben Özlem und Can? **Lies** die Sätze.

A Özlem und Can erkundeten den Wald.
B Das Erkunden hat ihnen viel Spaß gemacht.
C Am nächsten Tag werden sie am Versteck weiterbauen.

2 **Scheibe** die **Satzglieder** in das Feldermodell.

Vorfeld	linke Klammer	Mittelfeld	rechte Klammer
Özlem und Can	*erkundeten*		

3 **Lies** die Sätze.

Auf einer Lichtung haben wir unser Versteck gebaut.
Äste und Blätter lagen dort.
Die Äste binden wir sofort zusammen
Mein Großvater hat mir letzte Woche ein Seil geliehen.

4 Findest du die Satzglieder und Prädikate? Markiere passend.
a) Unterstreiche in den Sätzen die Prädikate. Achtung! 2 sind zweiteilig.
b) **Erfrage** die Subjekte (Wer? oder Was?) der Sätze. Markiere sie blau.
c) **Finde** die Akkusativ-Objekte (Wen oder was?). Markiere sie grün.
Finde die Dativ-Objekte (Wem?). Markiere sie rot.
d) Markiere die Adverbiale gelb (Ort oder Zeit).

5 **Überprüfe** deine Ergebnisse mit der Checkliste, **zähle nach**.

Hast du alle Satzglieder gefunden?

Checkliste

- **7** Prädikatteile (2 sind bereits unterstrichen)
- **4** Subjekte (1 wurde bereits markiert)
- **3** Akkusativobjekte
- **1** Dativojekt
- **4** Adverbiale

Textquellen

17: Paul Maar: Im Auto. In: Ders.: Das fliegende Kamel. Geschichten von Nasreddin Hodscha, neu erzählt von Paul Maar. Hamburg 2010: Oetinger Verlag, S. 44. ISBN 978-3-7891-4287-1. (Text verändert)
18: Marianne Kaurin: Irgendwo ist immer Süden. 8. Auflage. Zürich 2024 [2020]: © Atrium Verlag AG, Imprint WooW Books, S. 5–6. ISBN 978-3-96177-050-2. (Text verändert)
19: Paul Maar: Sägen. In: Ders.: JAguar und NEINguar. Gedichte von Paul Maar.Hamburg 2007: Friedrich Oetinger Verlag, S. 40. ISBN 978-3-7891-4260-4. Mit freundlicher Genehmigung des Verlages. (Text verändert)
20: Erich Kästner: Gustav hat abgeschrieben. In: Kleine Zeitung 59, 14. Jahrgang, Nr. 9. 13. Januar 1962, S. 20. © Atrium Verlag AG, Zürich, und Thomas Kästner. (Text verändert)
21: Jenny Jägerfeld: Mein geniales Leben. Stuttgart 2022: Urachaus Verlag, S. 20. ISBN: 978-3-8251-5270-3. (Text verändert)
22/23: Marc-Uwe Kling: Der Tag, an dem die Oma das Internet kapitt gemacht hat (Hörtext). Hamburg 2020: Silberfisch Verlag (= Der Tag, an dem ..., Band 1).
25: Marc-Uwe Kling: Der Tag, an dem Opa den Wasserkocher auf den Herd gestellt hat (Hörtext). Hamburg 2020: Silberfisch Verlag (= Der Tag, an dem ..., Band 2).
32/33: Brüder Grimm: Rumpelstilzchen. In: Dies.: Kinder- und Hausmärchen. Band 1. Ditzingen 2025: Philipp Reclam jun. Verlag, S. 317–320. ISBN 978-3-15-014673-6. (Text verändert)
35: Unbekannter Verfasser: Stachelsöhnchen. Aus: hekaya.de c/o Guido Adam, Hamburg o.J. URL: https://hekaya.de/maerchen/ stachelsoehnchen--europa_610.html [Zugriff: 26.05.2025]. (Text verändert)
43: Brüder Grimm: Hans Dumm. In: Hans-Jörg Uther (Hrsg.): Kinder- und Hausmärchen der Brüder Grimm. Berlin etc. 2008: de Gruyter, S. 444–446. ISBN 978-3-11-019441-8. (Text verändert)
46: Werner Färber: Die Fleddermaus. In: Ders.: Ungereimtheiten aus der Tierwelt. Hamburg 2012: Ungereimtheiten Verlag, S. 18. ISBN: 978-3-00-038102-7. (Text verändert)
48: Wilhelm Busch: Sie war ein Blümlein hübsch und fein. In: Das große Buch der Tiergedichte und Lieder. Ausgewählt von Victoria Gerold. München 2022: arsEdition GmbH, S. 113. ISBN 978-3-8458-4434-3.
50: James Krüss: Der gereimte Löwe. In: Ders.: Der wohltemperierte Leierkasten. München 1989: cbj in der Pengiun Random House Verlagsgruppe GmbH, S. 70. (Text verändert)
51: Victoria Herold: Eisbärwünsche. In: Das große Buch der Tiergedichte und Lieder. Ausgewählt von Victoria Herold. München 2022: arsEdition GmbH, S. 10. ISBN 978-3-8458-4434-3.
52: Joachim Ringelnatz: Niedliches Eichhörnchen. In: Ders.: Gehemes Kinder-Spiel-Buch. Für Kinder von 5 bis 15 Jahren gedichtet und bebildert von Joachim Ringelnatz. Potsdam 1924: gustav Kiepenheuer, S. 35.
53: Matsuo Bashō: Auf entlaubtem Ast. In: Hundertundelf Haiko. Matsu Bashō. Ausgewählt und übersetzt und mit einem Begleitwort versehen von Ralph-Rainer Wuthenow. Zürich 2009: Ammann Verlag, S. 95. ISBN 978-3-250-10518-3.
56: Josef Guggenmos: Schattenspiel. In: Ders.: Ich will dir was verraten. Geschichten und Gedichte. Weinheim & Basel 1992: Beltz & Gelberg in der Verlagsgruppe Beltz, S. 50–51. ISBN 978-3-407-80005-3.
59: Martin Ebbertz: Winterschlaf. In: Ders.: PRIMA HOLZOFEN PIZZA. Ge(r)dichte für (R)Kinder. Frankfurt/M. 2018: © Razamba. ISBN: 978-3-941725-49-2. (Text verändert)
62/63: Marc-Uwe Kling: Das Klugscheißerchen. Hamburg 2023: Carlsen Verlag, S. 7–14. ISBN 978-3-551-52282-5. (Text verändert)
64/65: Erich Kästner: Wie Till Eulenspiegel einem Esel das Lesen beibrachte. In: Ders.: Till Eulenspiegel. Zürich 2018: Atrium Verlag AG, S. 52–57. (Text verändert)
67/68: Astrid Lindgren: Wie Ole seinen Hund bekam. In: Dies.: Wir Kinder aus Bullerbü. Deutsch von Else von Hollander-Lossow. Hamburg 1988: Friedrich Oetinger Verlag, S. 42–47. ISBN: 978-3-7891-1944-6. Mit freundlicher Genehmigung des Verlages. (Text verändert)
70–72: Cornelia Funke: Der Bücherfresser. Bindlach 2021: Loewe Verlag. ISBN: 978-4-7432-0217-7. (Text verändert)
77: Anne Becker: Die beste Bahn meines Lebens. Weinheim & Basel 2019: Beltz & Gelberg in der Verlagsgruppe Beltz, S. 5–11. ISBN 978-3-407-81255-1. (Text verändert)
78–84: Anne Becker: Die beste Bahn meines Lebens. Weinheim & Basel 2019: Beltz & Gelberg in der Verlagsgruppe Beltz, S. 41–42. ISBN 978-3-407-81255-1. (Text verändert)
78-84: Anne Becker: Die beste Bahn meines Lebens. Weinheim & Basel 2019: Beltz & Gelberg in der Verlagsgruppe Beltz, S. 123–125. ISBN 978-3-407-81255-1. (Text verändert)
85: Anne Becker: Die beste Bahn meines Lebens. Weinheim & Basel 2019: Beltz & Gelberg in der Verlagsgruppe Beltz, S. 175–176. ISBN 978-3-407-81255-1. (Text verändert)
91/92: Anne Becker: Die beste Bahn meines Lebens. Weinheim & Basel 2019: Beltz & Gelberg in der Verlagsgruppe Beltz, S. 57–59. ISBN 978-3-407-81255-1. (Text verändert)
105–107: Sandy Syperek: Wie halte ich Zwergkaninchen richtig? Aus: Deutscher Tierschutzbund e. V., Bonn o. J. URL: https://www.tierschutzbund.de/tiere-themen/haustiere/andere-haustiere/zwergkaninchen/ [Zugriff: 28.07.2025].
108: Deutscher Tierschutzbund e. V., Bonn o. J.: Impressum. URL: https://www.tierschutzbund.de/impressum/ [Zugriff: 28.07.2025].
159: Kurt Weil: Klopslied. In: Carl Einstein & Paul Westheim: Europa-Almanach. Leipzig 1925: Kiepenheuer Verlag.
160: Brüder Grimm: Rootkäppken. In Bolko Bullerdiek (Hrsg.): Grimms Märchen. Plattdüütsch vertellt. Hamburg 1993: Quickborn-Verlag, S. 32. ISBN 3-87651-144-5 / Hamburg, Hörbuch Verlagsgesellschaft Dr. Dahms 2007.
160: Brüder Grimm: Doornröösken. In Bolko Bullerdiek (Hrsg.): Grimms Märchen. Plattdüütsch vertellt. Hamburg 1993: Quickborn-Verlag, S. 37. ISBN 3-87651-144-5 / Hamburg, Hörbuch Verlagsgesellschaft Dr. Dahms 2007.
160: Brüder Grimm: Fro Holl. In Bolko Bullerdiek (Hrsg.): Grimms Märchen. Plattdüütsch vertellt. Hamburg 1993: Quickborn-Verlag, S. 22. ISBN 3-87651-144-5 / Hamburg, Hörbuch Verlagsgesellschaft Dr. Dahms 2007.
161: Haim Shafir: Halli Galli Deluxe. Ratz fatz Familienspaß! Dietzenbach 2009: AMIGO Spiel + Freizeit GmbH, S. 1–4.
161: Haim Shafir: Halli Galli Deluxe. Il gioco per tutta la damiglia! Dietzenbach 2009: AMIGO Spiel + Freizeit GmbH, S. 13–16.
161: Haim Shafir: Halli Galli Deluxe. Ratz fatz Familienspaß! Redaktionell ins Bairische und Niederdeutsche übersetzt. Dietzenbach 2009: AMIGO Spiel + Freizeit GmbH, S. 1–4.